빛나는 꿈의 계절아

백형찬 산문집

빛나는 꿈의 계절아

초판 1쇄 인쇄 | 2015년 9월 1일
초판 1쇄 발행 | 2015년 9월 10일

지은이 | 백형찬
펴낸이 | 지현구
펴낸곳 | 태학사
등 록 | 제 406-2006-00008호
주 소 | 경기도 파주시 광인사길 223
전 화 | (031)955-7580~2(마케팅부) · 955-7585~90(편집부)
전 송 | (031)955-0910

전자우편 | thaehak4@chol.com
홈페이지 | www.thaehaksa.com

값은 뒤표지에 있습니다.

ISBN 978-89-5966-718-5 03810

이 책은 2015학년도 서울예술대학교 연구비 지원에 의해 발간되었습니다.

빛나는 꿈의 계절아

글·사진 백형찬

태학사

나의 호수에서

고등학교 1학년 때였다. 담임 선생님이 종례 시간에 독서주간을 맞아 독후감을 한 편씩 써오라고 했다. 나는 그 어려운 헤르만 헤세의 《데미안》을 읽고 느낌을 나름대로 적어 제출했다. 독후감은 반에서 나만 냈다. 선생님은 무척이나 화를 내셨다. 그 후 한두 달이 지났을까. 종례 시간에 선생님이 내 이름을 불렀다. 그리고 앞으로 나오라고 했다. 나는 덜컥 겁부터 났다. 무슨 잘못을 했는지 곰곰이 생각하며 조심스레 걸어 나갔다. 그랬더니 갑자기 환하게 웃으시며 교육감 표창장을 건네 주셨다. 내가 쓴 독후감이 장려상을 받은 것이다. 그것이 내가 처음으로 받은 글짓기 상장이었다.

그 후로 수십 년이 흘러 수필가가 되었다. 나는 솔직히 박사 학위를 받았을 때보다 수필가로 등단했을 때가 더욱 기쁘고 행복했다. 이유는 이후부터의 삶을 현실에서 조금은 떨어져 바라볼 수 있을 것이란 기대감 때문이었다. 즉 삶의 질이 조금은 나아질 것이라 생각했던 것이다.

이 책에는 서른세 편의 글이 담겨 있다. 그동안 교육현장에서 겪은 갖가지 이야기들을 시간이 날 때마다 틈틈이 적었다. 눈물겨운 슬픈 이야기도 있고, 하늘을 날고 싶은 기쁜 이야기도 있다. 이 이야기들은 나의 교육적 삶의 진솔한 기록이면서 또한 이 시대를 함께 살아가는 우리들의 교육 이야기이기도 하다. 책에는 이야기뿐만 아니라 사진도 실려 있다. 나는 봄, 여름, 가을, 겨울 늘 학교에서 사진을 찍었다. 입학식 때도 찍고, 축제 때도 찍고, 비가 와도 찍고, 눈이 와도 찍었다. 외국에 나가서도 찍었다. 그 많은 사진 중에 30여 장을 추리고 또 추렸다. 글과 가장 잘 어울린다고 생각하는 사진들만 골랐다. 문자적 상상력에 영상적 상상력을 보태고 싶었다.

책 제목을 '빛나는 꿈의 계절아'로 하였다. 박목월의 〈사월의 노래〉에서 가져왔다. "목련꽃 그늘 아래서 베르테르의 편질 읽노라"로 시작하는 노래이다. 빡빡머리 검정 교복 시절에 친구들과 즐겨 부르던 노래였다. 입시 지옥의 그 시절 가장 행복한 수업은 음악 시간이었다. 본관 3층 오른쪽 끝에 있던 음악실로 갈 때가 가장 행복했다. 지금도 이 노래를 부르면 나는 타임머신을 타고 그 꿈 많던 푸른 시절로 돌아간다. 그러면 그때의 진한 추억들이 하나씩 웃으며 되살아난다.

내가 몸담고 있는 학교에서는 예술가를 꿈꾸는 학생들이 공부하고 있다. 그들은 자신들 앞에 있는 고난과 역경의 좁은 문을 통과해야 한다. 나는 그들이 걸어가야 할 길이 얼마나 힘든

길인지 안다. 그래서 그들을 따뜻하게 안아 주며 위로와 용기의 이야기를 들려주고 싶었다.

내가 숲으로 들어간 것은 인생을 진지하게 살아 보기 위해서였다. 즉 인생의 본질적인 사실에 직면하여 인생이 가르치고자 한 것을 내가 배울 수 있는지 알아보고자 했던 것이다. 그리하여 마침내 내가 죽음에 이르렀을 때 헛된 삶을 살았구나 하고 후회하는 일이 없도록 하기 위해서였다.

헨리 데이비드 소로의 《월든》에 나오는 말이다. 그는 미국 매사추세츠 주 콩코드 근교에 있는 월든 호수가 숲 속으로 들어와 오두막집 한 채를 짓고 살았다. 그는 삶이 아닌 것은 살지 않으려고 했다. 요즘 소로의 이 말이 크게 와 닿는다. '인생을 내 식대로 살아 보았는가?'라는 질문을 나에게 가만히 던져 본다. 어찌 보면 이 산문집은 내가 삶을 어떻게 살아왔는지에 대한 고백성사일 수도 있다. 수많은 이야기들이 잠겨 있는 나의 호수에서 이야기를 한 바가지씩 퍼 올려 본다.

2015년 가을 서울예대 동산에서
백형찬

차례

1부 ― 어느 멋진 날에

가슴을 파고드는 울음

'예술과 교육'이란 수업을 담당했다. 예술과 교육은 본질적으로 같기 때문에 예술가는 교육자적 사명감을 갖고 창작활동을 해야 한다고 가르쳤다. 또한 문화 선진국인 영국, 프랑스, 독일에서의 놀라운 예술교육 현장을 영상물을 통해 보여주었다. 강의를 끝내고 학기말 시험지를 채점하다가 놀라운 사실을 알게 되었다. 답안지 작성자는 실용음악과에서 노래를 전공하는 여학생이었다. 그 학생의 답안지에는 다음과 같은 끔찍한 사실이 적혀 있었다. "개교한 지 얼마 안 되는 학교에 1회로 입학해서 어렵게 졸업했습니다. 선생님들은 공부 잘해서 학교의 위상을 높여야 하기도 바쁜데 예술을 하겠다는 나를 골칫덩이로 여겼고, 음악 학원에 가지도 못하게 밤 11시 야간 자율학습 시간까지 붙잡아 놓았습니다. 부모님이 찾아오셔도, 내가 아무리 부탁을 해도 절대 안 된다고 하였습니다. 예체능 특혜를 주지 않았고 쉬는 시간에 화성학을 풀고 있는 나에게 몽둥이로 내려치며 '이딴 거 집어치우고 공부나 하라.'고 하였고, 교무실로 불러 얼굴을 볼펜으로 찍으며 '네가 서울예대 간다고? 꼴값을 떨어.'라고 말하는 선생님까지 있었습니다." 나는 답안지를 읽다가 화가 머리끝까지 차올랐다. 빨간 펜을 든 손이 부르르 떨렸다. 어떻게 예술을 하겠다는 제자를 선생이 도와주지는 못할망정 이렇게 심하게 학대까지 할까. 문득 해맑던 그 여학생 얼굴이 떠올랐다. 우리나라에서 예술을 공부한다는 것이 얼마나 힘들고 어려운지 이 답안지가 그대로 보여주었다.

문득 영화 〈죽은 시인의 사회〉의 한 장면이 떠오른다. 연극을 그토록 하고 싶었던 닐의 모습이었다. 닐은 미국 아이비리그 대학만 진학시켜 온 명문 고등학교에 입학한 자신이 진정으로 하고 싶은 것은 바로 연극이라는 것을 알고는 친구들에게 소리쳤다. "그래. 나 연극할 거야. 배우가 될 거라고! 오래전부터 이걸 하고 싶었거든. 지난해 여름 오디션에도 나가려고 했지만 당연히 아버지가 반대하셨지. 내 인생 처음으로 내가 뭘 원하는지 알아냈다고." 결국 닐은 아버지의 반대에도 불구하고 셰익스피어의 〈한여름 밤의 꿈〉에서 요정의 역할을 훌륭하게 해내 관객들로부터 많은 박수갈채를 받았다. 닐은 너무너무 행복했다. 아버지는 관객석 끝에서 그 모습을 보고 있었다. 닐이 명문 대학을 나와 의사가 되길 원했던 아버지는 연극을 보고 나서 닐을 군사 학교로 전학시키기로 결심했다. 그날 밤, 닐은 부모가 잠든 사이에 아버지의 책상 서랍에서 권총을 꺼내 들고 자살을 했다. 총소리를 듣고 달려와 죽은 닐의 모습

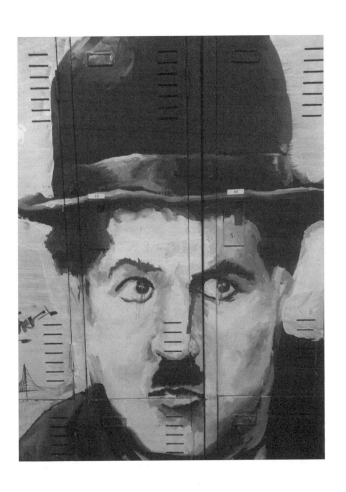

을 보고 목 놓아 통곡하던 아버지의 목소리가 아직도 내 귀에 생생하다. 나는 그 장면을 볼 때마다 눈물이 난다. 자신이 그렇게 좋아하는 연극을 할 수 없어 죽음을 선택할 수밖에 없었던 닐이 너무나도 불쌍했기 때문이다.

얼마 전 입학시험 때의 일이다. 직책이 입시를 총괄하는 교무처장이라 연기과 실기 시험장에 들어가 실기전형 진행 상황을 살펴보고 있었다. 경쟁률은 무려 100대 1이었다. 스튜디오 속의 열기는 무척이나 뜨거웠다. 한 여학생이 들어오더니 대본에 주어진 상황을 연기하기 시작했다. 합격 통보를 전화로 받았을 때 그 감정을 연기로 표현하라는 것이 문제였다. 그 학생은 감정을 잠깐 가다듬더니만 연기를 하기 시작했다. 학교로부터 합격 전화를 받았다. 그토록 들어가고 싶었던 대학에 합격했다는 소식이 믿기지 않았다. 말이 안 나왔다. 애절할 정도로 연기를 했다. '얼마나 우리 대학에 들어오고 싶었으면 저렇게 간절한 연기가 나올까.' 그 여학생은 주어진 연기를 다 끝내고는 마룻바닥에 주저앉았다. 그러고는 어깨가 크게 들먹일 정도로 엉엉 울기 시작했다. 울음소리가 점점 커졌다. 가슴을 파고드는 울음이었다. 전형 위원 그 누구도 울음을 제지하려 하지 않았다. 그 울음의 의미를 알기 때문이었다. 그런 모습을 보면서 나의 눈에서도 눈물이 걷잡을 수 없이 흘러내렸다.

예술대학의 경쟁률은 매년 가파르게 올라간다. 보통 수십 대 1이다. 우리 대학뿐만 아니라 다른 예술대학도 마찬가지다.

올해 우리 대학 입시에서 가장 높은 경쟁률을 기록한 전공은 실용음악과 노래였다. 경쟁률이 무려 360대 1이었다. 6명을 선발하는 데 2,162명이나 지원한 것이다. 이토록 예술대학에 입학하기가 어렵다. 그런데 예술대학에 들어와서도 학업을 유지하기 어렵다. 적지 않은 학생들이 경제적 이유로 휴학한다. 등록금을 벌면 다시 학업을 하고 없으면 또 휴학을 한다. 이를 반복한다. 얼마 전에는 우리 대학 교직원들이 '불꽃 장학금'이란 것을 만들었다. 봉급에서 얼마씩 떼어 내어 예술의 꿈을 잃지 않는 가난한 학생들에게 '불꽃'을 붙여 주기 위해 만들었다. 큰 액수의 돈은 아니지만 교직원들의 정성이 가득 담긴 장학금이다. 첫 번째 장학금은 북한에서 온 한 여학생에게 수여했다. 어려운 환경 속에서도 예술가의 꿈을 잃지 않고 정진하고 있는 모습에 교직원들이 감동하여 등록금 전액을 만들어 주었다. 장학금을 전해 주던 날, 그 여학생은 야구 모자를 깊이 눌러 쓰고 와서는 하염없이 눈물을 흘렸다. 대학의 노력만으로는 예술가를 꿈꾸는 학생들의 꿈을 실현해 줄 수 없다. 사회가 함께 도와주어야 한다. 가장 큰 역경인 가난을 학생들이 숙명처럼 받아들이지 않도록 사회가 도와주어야 한다. (2010)

칭찬의 힘

예술대에서 학생들을 가르친 지도 시간이 꽤 흘렀다. 이곳에 오기 전에는 청강문화산업대학에서 학생들을 가르쳤다. 유치원 교사가 될 학생들을 가르쳐야 했기 때문에 교육방식과 생활지도를 엄격히 했다. 수업 태도가 바르지 않거나 발표 내용이 충실하지 못하면 무척 혼을 냈다. 그래서 적지 않은 학생들이 눈물을 흘렸다. 교직에 대한 사명감을 철저하게 심어 주어 한국의 페스탈로치로 키우고 싶었기 때문이었다. 그런데 예술대에서 예술가가 될 학생들을 가르치면서부터는 심한 경우를 제외하고는 혼을 내질 않는다. 가능한 한 칭찬을 많이 해준다. 설령 발표 내용이 마음에 안 들더라도 꾸중보다는 칭찬을 해준다. 수업 태도가 마음에 안 들더라도 크게 꾸중하지 않는다. 처음 예술대에 왔을 때, 수업 태도가 나쁜 한 학생을 크게 꾸짖었다. 꾸중을 들은 그 학생은 어찌할 바를 몰라 했다. 그러더니 그 다음 수업부터는 아예 들어오질 않았다. 그때 예술대 학생교육은 달리해야 한다는 것을 뼈저리게 깨달았다. 반면에 칭찬을 해주면 학생들은 하늘을 '붕붕' 날아다녔다. 칭찬의 교육적 효과가 얼마나 큰지 실감했다.

수개월 전 일이다. 연구실 문을 노크하는 소리가 들렸다. 잠시 후 어떤 여학생이 얼굴에 웃음을 담뿍 띤 채 문을 열고 들어섰다. 얼굴은 낯이 익은데 이름이 생각나질 않았다. 분명히 나의 수업을 들은 학생임에는 틀림이 없었다. 더구나 재학생인지 졸업생인지도 분간이 안 갔다. 가르치는 사람은 이럴 때가 가장 곤란하다. "○○○구나!"라고 이름을 반갑게 부르며 맞이해 주면 좋으련만. 자신을 기억해 내지 못하고 머뭇거리는 모습을 본 그 학생은 "교수님의 '예술과 빵' 수업을 들었던 문예창작과 졸업생 ○○○입니다."라며 자신을 소개했다. 그때서야 얼굴과 이름이 맞아 떨어지며 기억이 떠올랐다. "교수님께서 수업시간에 저를 칭찬해 주셨고, 교수님 책에 훌륭한 예술가가 되라고 직접 격려의 말까지 적어 주셨습니다. 작품을 힘들게 쓰면서 교수님의 말씀이 정말 큰 힘이 되었습니다. 저는 며칠 전에 '오늘의 작가상'을 받았습니다. 교수님께 진심으로 감사드립니다."하는 것이었다. 정말 미안했다. 가르친 선생은 학생을 기억하지 못하는데, 학생은 그 선생을 기억하여 고마움을 전하러 직접 찾아온 것이다. 얼굴이 붉어질 정도로 정말 부끄러웠다. 가방에서 내 책을 꺼내 서명한 페이지를 펼쳐 보였다. 교수의 칭찬이 그 힘든 문학상을 받는 데 큰 힘이 되었기에 고마워서 그 책을 일부러 들고 찾아온 것이다. 그때 나는 가르치는 사람으로서 책임감과 보람을 소름이 끼칠 정도로 느꼈다. "칭찬은 고래도 춤추게 한다."는 말이 정확하게 들어맞은 것이다. 교육의 결과가 이렇게 빠르고 정확하게 돌아오다니 놀라울 따름이다. 예술대에서만 가능한 일이다. 그 졸업생은 내 연구실을 떠나기 전에 예쁘게 포장한 작은 선물 하나를 꺼내 책상 위에 징싱껏 밀어 놓았다. 고마운 마음으로 주는 선물이었기에 나 또한 기쁜 마음으로 받았다.

예술대에서 학생을 가르치다 보면 수업에 대한 반응이 매우 빠르게 나타난다. 교육적 피드백이 교수에게 빠르게 전달된다는 말이다. 수업이 재미있는지 재미없는지, 내용을 아는지 모르는지가 학생들 얼굴 표정에 확연히 드러난다. 그래서 열심히 가르쳤을 때 학생들이 행복해하는 모습을 보거나 예술가로서 각오를 단단히 하는 표정을 읽을 때면 가르치는 사람으로서 보람을 느끼게 된다. 맹자는 "군자에게는 세 가지 즐거움이 있다[君子三樂]."고 했다. 그 즐거움 가운데 하나가 천하의 영재를 모아 가르치는 즐거움이다. 우리 대학 학생들은 자타가 공인하듯 우리나라에서 예술적 끼와 기가 가장 뛰어난 학생들이다. 이렇게 예술적 감성이 뛰어난 학생들을 가르치는 즐거움이란 다른 대학 교수들은 상상도 하지 못할 것이다. 그런 의미에서 예술대 교수들은 행복한 사람들이다. 학생들은 배우는 즐거움이 있고, 교수들에게는 가르치는 즐거움이 있다. 또한 교수들에게는 학생들로부터 배우는 즐거움이 있고, 학생들은 교수를 가르치는 즐거움이 있다. 옛 사람들은 이를 '교학상장(敎學相長)의 즐거움'이라 했다. 교학상장의 즐거움이 있으려면 학생들은 배우는 것을 게을리해서는 안 되고, 교수는 가르치는 것을 싫어해서는 안 된다.

　이상적인 교육은 바로 이와 같아야 한다. 가르치는 사람과 배우는 사람과의 아름다운 인터랙션! 그것이 교육의 본질이 아닐까? (2008)

어느 멋진 날에

 연구실 창가로 보이는 가을 하늘은 참으로 맑고 푸르다. 학교가 산기슭에 있어서 봄에는 뻐꾸기, 여름에는 꿩, 가을에는 풀벌레 소리를 들으며 책을 읽는다. 그 살아 있는 생물들의 아름다운 노랫소리를 들으면 나 역시 살아 있음에 감사한 마음이 든다.

 초여름까지만 해도 울창한 나무가 연구실 가까이에 있어 나무 향기가 바람을 타고 솔솔 들어왔다. 글을 쓰다가 막히면 그 나무 향기가 풀어 주곤 했다. 그런데 올여름, 태풍이 휩쓸고 지나간 어느 날이었다. 연구실에 있다가 갑자기 "꽝!" 하는 소리를 들었다. 놀라 밖으로 뛰쳐나갔더니 삼십 미터가 넘는 나무가 부러지면서 건물 벽을 쳤다. 그 충격으로 두꺼운 유리창이 여러 장 깨졌다. 그 후 학교에서는 위험하다며 전기톱을 가져와 건물 가까이 있던 큰 나무들을 모조리 잘랐다. 진달래꽃이 피어나는 봄부터 흰 눈이 쌓이는 겨울까지 늘 곁에 지켜 서 있던 그 정다운 나무들이 잘려 나갔다. 얼마나 가슴이 아팠는지 모른다. 지금 숲 아래에는 그때 잘려 나간 나무들이 통나무가 되어 뒹굴고 있다.

여름 숲에 대한 상념에 잠겨 있다가 갑자기 크게 들려 온 음악 소리에 놀란다. 중앙광장에 있는 대형 스피커에서 나오는 소리다. 생각해 보니 오늘이 바로 가을 축제 첫날이다. 축제가 시작된 것이다. 이번 학기에 내가 맡은 과목은 '예술과 직업'으로, 예술가가 될 학생들이 앞으로 닥쳐올 시련과 역경을 어떠한 직업적 사명감을 갖고 극복해 나갈 것인지 연구하여 발표하는 수업이다. 그래서 학생들에게 지금까지 이십여 년을 살아오면서 가장 크게 성취한 것을 이야기로 만들어 제출하라고 했다.

연기과 학생의 이야기다. "그동안 안 해본 알바가 없었다. 술집 서빙, 전단지, 배달, 편의점. 그렇게 일이 끝나고 연기 학원 수업을 마치면 침대 하나, 책상 하나가 전부인 고시원에 들어와 눕는다. 공허하고 막막한 생각이 들어 참 많이 울었다. 고생하시는 부모님 생각도 나고, 그렇게 힘들게 기계처럼 일하며 입시를 준비했지만 결과는 원치 않는 대학에 들어갔다. 그러다가 전에 다니던 연기 학원 선생님으로부터 연락이 왔다. 연습실 청소와 관리를 하면서 마지막으로 다시 한 번 도전해 보라는 것이었다. 연습실에서 먹고 자면서 죽도록 일하고, 죽도록 연기를 연습했다. 시험 날짜가 다가왔다. 서울예대 오르막길은 언제나 가슴을 두근거리고 피를 끓게 했다. 이번에는 기필코

합격하겠다고 각오하고 일곱 번째 시험을 보았다. 내 인생을 걸 만큼 최선을 다했고, 이번에 떨어져도 결코 후회하지 않을 것이라 다짐했다. 합격자 발표가 있던 날, 정말 떨리는 마음으로 홈페이지에 들어갔다. 도저히 클릭할 수 없었다. 두 눈을 꼭 감고 클릭했다. 눈을 떠서 보니 '합격'이라는 글자가 떴다. 순간, 4년 동안의 힘들었던 일들이 머릿속을 빠르게 스쳐 지나갔다. 호흡이 가빠지더니 갑자기 눈물이 비 오듯 쏟아졌다. 입에서는 '기쁜' 욕이 나왔다. 그렇게 나는 서울예대를 7번이나 시험 쳐서 '결국' 합격했다."

　다음은 실내디자인과 학생의 이야기다. "난 한마디로 실업계 학생이고 '양아치'였다. 나를 잡아 준 분은 바로 미술 선생님이었다. 부모님도 나를 포기했고, 다른 선생님들도 나에게 손가락질했는데 그 선생님만은 나를 하나의 인격체로 존중해 주었다. 선생님은 나에게 미술에 대한 가능성이 있다며 미대에 진학하라고 따뜻하게 말씀해 주셨다. 그날 저녁 나는 부모님께 '미대에 진학하겠다.'고 결심을 말씀드렸다. 어머니는 공부하겠다는 나를 부둥켜안고는 엉엉 우셨다. 성경에 나오는 '돌아온 탕자' 같았기 때문이었다. 그 다음 날부터 무척 열심히 공부하였다. 남들이 수학 공식을 외울 때, 난 수학 책의 문제를 '죄다' 외웠다. 이런 노력으로 내신이 상위 10%까지 올랐고, 그림 실력도 빠른 속도로 올라갔다. 결국 나는 14대 1의 높은 경쟁률을 뚫고 실내디자인과에 당당히 합격했다."

나는 학생들의 성취 스토리를 연필로 그어 가며 읽다가 가슴 짠한 감동을 받아 여러 번 눈물을 흘렸다. 학생들의 성취 스토리는 나를 돌아보게 해주었다. 나의 성취 스토리는 무엇이었는지 돌이켜 보게 해주었다. 대학 때, 나의 전공은 '생명과학'이었다. 페트리 디시에 식물의 조직을 떼어 내어 배양하는 것이 무척이나 재미있었다. 나의 꿈은 독일 게팅겐대학으로 유학 가서 유전공학을 전공해 모교의 교수가 되는 것이었다. 그래서 4학년 때는 서울 남산에 있는 독일문화원 '괴테 인스티튜트'에서 독일어를 배우기도 했다. 그때 독일 프로축구팀으로 입단하는 차범근 선수 내외와 함께 수업을 받았다. 대학 졸업과 동시에 학군단 장교로 임관해 최전방 155마일을 지키는 철책 소대장으로 근무했다. 전역할 즈음에 집안의 경제적 사정이 급격히 나빠지면서 유학에 대한 꿈을 접어야 했다. 결국 독일로 유학 가서 박사학위를 받진 못했지만 국내에서 교육학으로 박사학위를 받았고, 모교 교수가 되진 못했지만 그 유명한 예술대학의 선생이 되었다. 이 정도면 나의 꿈도 성취되었다고 할 수 있지 않을까. 그 성취 과정에는 아내의 눈물겨운 희생과 헌신이 있었다. 가난하게 시작한 결혼 생활, 적은 봉급의 직장 생활, 뒤늦게 시작한 대학원 석·박사 공부. 이 모든 힘든 과정에 아내가 늘 곁에서 힘이 되어 주었다. 수업시간에 학생들의 성취 스토리만 들을 것이 아니라 나의 성취 스토리도 들려주어야겠다. 성취는 혼자서도 할 수 있지만 둘이서 함께 이루는 성취가 더욱 값지다는 것도 가르쳐 주어야겠다. 오늘은 시월 초하루다. 라디오에서는 성악가 김동규가 부르는 〈10월의 어느 멋진 날에〉가 정말 멋지게 흘러나온다. (2011)

삶이 그대를 속일지라도

교정 곳곳에서는 졸업 작품 공연을 알리는 현수막이 축제 깃발처럼 펄럭이고 있다. 〈안네의 일기〉, 〈주유소습격사건〉, 〈넌센스〉. 장독대 옆 감나무에는 주홍 감 몇 개가 회색빛 하늘을 배경으로 쓸쓸히 매달려 있다. 그 뜨겁던 8월 말, 반팔 티셔츠를 입고 수업을 듣던 학생들은 어느새 두꺼운 옷을 걸친 눈사람이 되었다. 기말고사를 마지막으로 2학기 수업을 종강했다.

이번 학기에 맡은 과목은 '예술과 빵'이었다. 처음에는 강좌 명칭이 퍽이나 우스웠다. 원래 '예술과 직업의식'으로 하려 했는데 동료 교수들이 '빵'이 더 강한 느낌을 준다고 해서 바꾼 것이다. 이로 인해 해프닝이 벌어졌다. 적지 않은 학생들이 '빵을 예술적으로 만드는 과목'인 줄 알고 수강 신청한 것이다. 물론 그 학생들은 지금까지 수업을 잘 들었다. 역경과 시련을 극복한 '예술가 징신'을 깨우쳐 주자는 것이 목표이다. 그래서 예술가 정신을 중심으로 강의했고, 뜨거운 예술혼이 담긴 두 편의 영화도 보여주었다. 신체장애를 극복하고 멕시코의 위대한

화가가 된 '프리다 칼로'의 열정적 삶을 그린 영화와 베토벤이 말년에 귀가 먹은 채 교향곡 9번(합창)을 작곡하고 지휘한 모습을 감동적으로 그린 영화 〈카핑 베토벤〉이었다.

수업의 하이라이트는 학생들이 주도하는 발표 수업이었다. 위대한 예술가를 한 사람씩 선정하여 그의 삶과 예술 작품을 연구하여 발표하는 것이다. 물론 그 예술가가 '빵'을 얻기 위해 고난을 어떻게 극복하였는지가 초점이다. 고흐를 비롯해서 레이 찰스, 스티비 원더, 앤디 워홀까지 등장했다. 연기로, 춤으로, 음악으로, 사진으로, 라디오 드라마로 재현시켰다. 얼마나 생생하게 묘사해 내던지 그 놀라운 발표에 나는 벅찬 감동을 받아 기립박수까지 보냈다.

수업시간마다 명시(名詩)를 한 장씩 나누어 주었다. 험난한 예술가의 길을 걸어가는 데 시가 도움이 될 것 같았기 때문이었다. "이 순간 내가 별들을 쳐다본다는 것은 그 얼마나 화려한 사실인가."로 시작하는 피천득 선생님의 〈이 순간〉. "노란 숲 속에 길이 두 갈래로 났었습니다. 나는 두 길을 다 가지 못하는 것을 안타깝게 생각하면서……." 로버트 프로스트의 〈가지 않은 길〉. "삶이 그대를 속일지라도 노하거나 슬퍼하지 마라 슬픔의 나날을 참고 견디면 반드시 기쁨의 날은 찾아오리니." 푸슈킨의 〈삶〉. 시는 학생들에게 깊은 감동을 주었다. 시를 함께 낭송하며 눈물을 흘리는 학생도 있었다. 그런데 그렇게 뜨겁게 수업에 참여했던 학생들을 내년 봄에는 볼 수 없을 것 같다. 학생들은 경제적 어려움으로 휴학하고 돈 벌 계획을 하고 있다. 자신의 빵을 찾기 위해 부단히 애썼던 학생들이었기에 안타까움이 더했다.

인천으로 가족 나들이를 다녀왔다. 가장 크고 오래된 신포시장에 들렀다. 주말인데도 사람들이 없었다. 오직 북적이는 곳은 젊은이들로 가득 찬 닭 강정 가게뿐이었다. 빨강, 노랑으로 예쁘게 물든 채 진열대 위에 층층이 쌓여 있는 찐빵과 만두의 모습이 참으로 애처롭게 보였다. 시장뿐만 아니라 바다가 보이는 월미도도 마찬가지였다. 놀이공원에만 어린 학생들이 몰려 있을 뿐, 그 많던 횟집과 카페들도 문을 닫았다. 전망이 좋아 즐겨 찾았던 이층집 노랑 카페마저 문을 닫았다. 추억이 깃든 곳이었는데 얼마나 서운하던지. 서울에서 전철 한 번만 타면 그 큰 바다를 만날 수 있는 곳인데. 생활의 궁핍이 사람들의 넉넉한 마음까지 앗아간 것이다.

오늘 서점에 가서 시집 한 권과 동화책 한 권을 사자. 푸슈킨의 시집도 좋고, 안데르센의 동화집도 좋다. 그 책을 들고 인천행 전철을 타는 것이다. 인천역에 내려 월미도 해변가를 천천히 거닐어 보자. 시린 바닷바람과 뱃고동 소리가 삶에 찌든 생각들을 한꺼번에 날려 보낼 것이다. 아름다운 저녁노을은 상처받은 몸과 영혼을 부드럽게 쓰다듬어 줄 것이다. 그리고 아직은 남아 있는 작은 카페에 앉아 동화책을 펼치자. 그 추운 겨울날, 외투도 없이 차가운 손으로 불꽃을 일으키며 따뜻한 환

상에 젖어 있을 가여운 성냥팔이 소녀도 만날 수 있으리라.

(2008)

'밥' 이야기

그 때는 무척이나 쓸쓸했다. 학교에서 교양 수업만 가르치다 보니 찾아오는 학생이 없었다. 처음에는 홀가분해 좋았다. 그러나 그것도 잠시였다. 시간이 흐를수록 외로워지기 시작했다. 연구실에는 늘 나 혼자였다. 노크 소리도 없었고, 학생들 목소리도 들리질 않았다. 선생에게는 지도해야 할 학생이 있어야 한다는 것을 이곳에 와서 크게 깨달았다. 전에 근무했던 학교에서는 지도해야 할 학생이 너무 많아 바쁘고 힘들었다. 그래서 짜증까지 냈었다. 그런데 그것이 바로 행복이었다. 불현듯 예전 추억이 되살아나며 가슴이 사무친다.

그 학교에서는 유치원 교사가 될 학생들을 가르쳤다. 지도교수가 되어 입학해서 졸업할 때까지 학생들을 보살폈다. 오랜 시간을 함께 보냈기에 깊은 정이 들었다. 난 학생들을 사랑했고 학생들은 날 따랐다. 학생들은 나에게 두 가지 별명을 붙여 주었다. 기분 좋을 때는 '장동건'이라 불렀고, 못마땅할 때는 '미스터 빈'이라 불렀다. 흉하지 않은 별명을 붙여 준다는 것은 유쾌한 일이다.

학생들과 더욱 가까워지려고 노력했다. 봄 축제 때는 존 덴 버처럼 기타를 들고 챙이 넓은 모자와 선글라스를 쓰고 목에는 빨간 머플러까지 하고는 〈Take Me Home Country Road〉를 열창했다. 여름 어린이 캠프 때는 학생들과 열심히 뛰어다니다가 온몸에 땀띠가 도져 기숙사에 드러눕기도 했다. 가을 체육대회 때는 학과 계주 선수가 되어 마지막 코스를 발에 쥐가 나도록 달려 1등을 차지하기도 했다. 겨울 성탄절에는 추리 점등식에 참석해 김이 모락모락 나는 흰떡을 맛있게 나누어 먹기도 했다.

수많은 추억 중에 결코 잊을 수 없는 추억이 있다. 바로 '페스탈로치 사탕'이다. 졸업반이 되면 학생들은 유치원으로 한 달간 교생실습을 나간다. 교생실습은 유아들을 처음으로 가르친다는 설렘과 함께 기쁨도 있지만 무척 힘들다. 학교에서 수업 받는 것보다 몇 배나 힘들다. 그래서 학생들이 어떻게 하면 그 힘든 실습을 잘 마칠 수 있을지 여러 날 고민했다. 그러다가 '페스탈로치 사탕'을 생각해 냈다. 당시 학생들은 내가 맡은 '교육철학'이란 수업에서 페스탈로치의 생애와 사상에 대해 공부하고 있었다. 나는 시장에 가서 갖가지 사탕을 사왔다. 한 봉지씩 정성껏 포장을 하고, 겉에는 '페스탈로치 사탕'이라고 써서 붙였다. 실습을 나갈 학생들을 모아 놓고 사탕의 의미를 설명했다. 힘들고 어려운 일이 닥칠 때마다 사탕을 하나씩 꺼내 먹으며 이를 극복해야 한다고 힘주어 말했다. 그리고 한 명씩 이름을 불러 사탕 봉지를 나누어 주었다. 학생들은 감동했다.

그 다음 해 봄, 나는 그 학교를 떠나 전혀 새로운 학교로 왔다. 예술가를 꿈꾸는 학생들을 가르치는 학교였다. 나는 교양학부에 소속되었다. 학부에는 영어, 예술철학, 미학, 디자인을 가르치는 선생들이 있었다. 전에 학교처럼 지도해야 할 학생들이 없어 홀가분했다. 그러다가 학생들을 열심히 지도하는 학과 소속 선생들을 보거나 학교 행사가 있을 때는 학과 선생들이 부러워지기 시작했다. '나도 예전에는 유아교육과에 소속되어 학생들을 지도했고 스승의 날에는 예쁜 카네이션도 받았는데……'라는 슬픈 생각(?)까지 들었다. 그러던 어느 날, 전에 있던 학교 학생들이 나를 찾아왔다. 무척이나 아끼고 사랑했던 학생들이었다. 남학생 손에는 예쁜 화분이 들려 있었다. 그립고 보고 싶은 선생을 찾아 먼 길을 온 것이다. 어찌나 반갑던지 내가 먼저 울 뻔했다.

우연히 학교 게시판에서 개그 동아리 공연 포스터를 보았다. 이 학교는 유재석과 신동엽을 비롯한 꽤 유명한 개그맨들을 많이 배출했다. 아마 그 후배들이 선배들을 닮아 재밌는 개그를 펼칠 것 같아 그 공연을 구경키로 했다. 지하 공연장은 매우 좁았다. 그러나 그 열기는 무척 뜨거웠다. 3월의 차가운 밤 공기를 순식간에 덥힐 기세였다. 벽에는 커다란 태극기가 걸려

있었다. 개그 공연장에 웬 태극기? 그런데 가만히 살펴보니 태극기가 아니었다. 가운데에는 붉은색 쌀밥을 위로, 청색 밥사발을 아래로 그려 놓아 마치 태극 문양 같았다. 그리고 건곤감리 네 위치에는 검정 글씨로 '밥' 자를 그려 놓아 영락없는 태극기 모양이었다. 그 '놀라운' 디자인에 난 놀랐다.

공연이 시작되었다. 개그맨들은 모두 하늘색 트레이닝 옷을 입고 연기를 하였는데 등에는 커다랗게 '밥'이라 새겨져 있었다. 그 개그 동아리 이름이 '밥'이었던 것이다. 여느 개그 프로보다 재밌고 수준 높은 공연이었다. 구경을 하면서 '내가 이 동아리의 지도 선생을 맡으면 어떨까.'라는 생각이 불현듯 들었다. 공연이 끝난 다음에 회장 학생을 가만히 불렀다.

"동아리 지도교수님이 계시니?"

"없는데요."

"내가 동아리 지도교수를 맡으면 안 될까?"

"……."

"나는 교양학부 선생이고 대학 다닐 때 연극반 활동도 했어. 내 친구들 중에는 유명한 연극배우와 영화배우도 있어."

"저 혼자 결정할 수 없습니다."

"그럼 어떻게 결정하니?"

"회원들과 투표를 해야 합니다."

"투표?"

"네."

"오늘 밤에 회원들과 투표해서 내일 아침에 결과를 알려 드리겠습니다."

"그래, 그럼 내일 오전에 결과를 알려 주렴."

다음 날 아침에 전화가 왔다.

"교수님, 투표 결과 지도교수가 되셨습니다."

"고맙다! 열심히 할게."

이런 이상한(?) 인연으로 '밥' 지도교수가 됐다. 그런데 나는 '밥'을 제대로 지도할 수 없었다. 내 전공이 공연이 아니기 때문에 연기를 지도할 수 없었고, 극작 전공이 아니기 때문에 대본도 지도할 수 없었다. 오직 내가 할 수 있는 일이라고는 학생들이 시설물 사용 신청서를 가져오면 그때마다 서명하여 대학본부에 제출토록 하거나, 공연이 끝나면 삼겹살 집에 데려가 실컷 고기를 사 먹이는 일뿐이었다. 그래도 '밥'은 나를 무척이나 좋아했다.

'밥'은 엉뚱하다. 입학식부터 재밌는 일이 벌어진다. 총장이 축사를 하기 시작하면 총장 뒤에서 이불을 깔고 누워 잠을 잔다. 그리고 축사가 끝날 때에는 자리에서 일어나 양치질을 한다. 이럴 때마다 신입생들은 깔깔 웃는다. 총장은 웃는 영문을 몰라 당황스러워한다. 나중에 총장이 이 일을 알게 되었고, 개그 동아리의 퍼포먼스라는 것을 알고는 흔쾌히 용서해 주었다. 그래서 우리 학교 학생들은 총장을 '대빵'이라 부른다. 졸업식 때에는 교수들이 앉아 있는 단상 뒤편에 음식 한 상을 잘 차려

놓는다. 가스버너로 찌개까지 끓인다. 졸업하는 '밥' 선배들을 위한 송별 상차림인 것이다.

'밥'은 착하다. 스승의 날에는 꽃다발을 들고 와 〈스승의 노래〉를 부른다. 그리곤 한마디씩 쓴 카드를 제각기 내밀고 퍼포먼스를 한다. 그 시간이면 내 휴대전화에는 졸업한 선배들의 문자가 소리를 내며 날아 들어온다. 그럴 때마다 기특한 생각이 들며 가슴이 짠하다. 그리고 간암을 앓고 있는 아버지에게 자신의 간을 반 이상 떼어 드린 효성이 지극한 학생도 있다. 그 학생은 군에서 제대하자마자 내 연구실로 찾아와 무사히 군복무를 마치고 돌아왔다고 바닥에 엎드려 큰절을 올렸다. 내가 무척이나 사랑하는 학생이다.

이제 '밥' 뚜껑을 닫을 때가 된 것 같다. 가톨릭 학생회에 지도 선생이 없어 붕괴 직전이라 한다. 가톨릭 신자인 내가 학생회를 맡아야 하는 절박한 상황이다. 나는 가톨릭 학생회를 '밥'보다 더 잘 지도할 수 있을 것 같다. 이미 봉사할 곳도 찾아 놓았다. 천주교 살레시오회에서 운영하는 '돈보스코 직업학교', 재단법인 서울가톨릭청소년회에서 운영하는 경기도 연천의 '화(花)요일아침예술학교', 수원교구에서 운영하는 장애인 복지시설인 '둘다섯해누리' 등등.

거의 10년 동안 정든 '밥'과 헤어질 것을 생각하니 가슴이 먹먹해 온다. '밥'은 아직 이러한 사실을 전혀 눈치 채지 못하고 있다. 만약 이를 알게 된다면 '밥'은 내 연구실로 몰려와 한 바탕 난리와 소동을 부릴 것이다. 특히 소녀 머리에 두꺼운 검정 뿔테 안경을 쓴 문예창작과 여학생이 회장인데 그 학생이 연구실 바닥에 아예 드러누울 것 같다. '밥'에게 10년 전의 나처럼 이상한(?) 선생이 나타나길 간절히 기대해 본다. 이것이 나의 '밥' 이야기이다. (2013)

2부 _

왕 찐빵

왕찐빵

학교에서 퇴근 후 집에 돌아와 보니 책상 위에 편지 봉투 하나가 놓여 있다. 겉봉에 쓰인 글씨체는 오래전에 어디선가 본 듯하다. 생각이 날 듯 말 듯하다. 발송자 주소에는 삼십여 년 전 대학 시절 은사님의 성함이 적혀 있다. 놀라움과 반가운 마음으로 봉투를 조심스럽게 연다. 반듯하게 접힌 편지지에는 그 옛날 은사님께서 강의실 칠판에 또박또박 쓰셨던 글씨체가 가득했다. 그 순간 마치 대학 시절로 돌아가 강의실에 앉아 있는 듯했다. 편지에는 내가 얼마 전에 일간 신문에 쓴 칼럼을 보시고는 너무나 반갑고 기뻤다는 내용이 따뜻하게 적혀 있었다. 그러고는 글이 실린 신문을 가위로 깨끗하게 오려 첨부하셨다. 제자의 글을 밑줄 그어 가며 한 글자씩 꼼꼼하게 읽으셨고, 글에 대한 느낌도 여기저기 적어 놓으셨다. 그 후로도 내가 일간지에 칼럼을 쓸 때마다 며칠 후면 꼬박꼬박 흰 봉투가 도착했다. 물론 그 속에는 은사님의 육필 편지와 내 글이 동봉되어 있었다.

은사님은 생명과학을 전공한 제자가 사회과학을 공부하는 것을 무척이나 자랑스럽게 여기셨다. 대학 시절에 학문하는 올바른 태도를 가르쳐 주셨고, 당시 생소한 분야였던 유전공학에 대한 학문적 자극도 크게 주셨다. 그래서 실험실에서 식물세포를 떼어내 배양하는 '식물조직배양'이란 것도 할 줄 알게 되었다. 은사님의 연구를 도와드리던 일이 생각났다. 연구실에서 외국 전문서적에 있는 식물 그림에 트레이싱 페이퍼를 대고 꼼꼼하게 그렸고, 은사님께서 일반 용지에 쓰신 글을 원고지에 또박또박 옮겨 적었다. 은사님은 이렇게 그린 그림과 글에 대해 칭찬을 아끼지 않으셨다. 제자들을 늘 온화하게 대해 주셨기 때문에 학생들로부터 많은 존경을 받으셨다.

재학 시절 우리 동기생들은 매년 신정 설이 되면 서울 돈암동에 있는 제과점 태극당에 모여 은사님 댁으로 세배하러 갔다. 세배가 끝나면 사모님께서 함경도식 국수와 전을 내놓으셨는데 얼마나 맛있던지 지금도 그 맛을 잊을 수가 없다. 두 분 모두 고향이 함경도셨다. 은사님은 이제 연세가 아흔이 훨씬 넘으셨다. 이젠 휠체어에 몸을 의지하고 생활하신다. 은사님은 젊은 시절에 일본으로 건너 가 공부하면서 독립운동을 하셨는데 일본 경찰에 체포되어 2년 동안 이루 말할 수 없는 옥고를 치르셨다. 매섭도록 추운 감옥 속에서 오직 해방을 그리며 갖가지 고문을 참고 견디신 이야기를 들은 적이 있다. 그런 공훈으로 정부로부터 건국훈장 애족장을 받으셨다.

얼마 전에는 대학원 시절 지도교수님께서 작은 소포를 보내오셨다. 우체국 상자에 적힌 은사님의 글씨체는 여전히 크고 시원시원했다. 상자 안에는 책 두 권과 작은 선물 하나가 들어 있었다. 책은 칼릴 지브란의 《예언자》와 타고르의 《기탄잘리》였다. 예전에 은사님과 전화 통화하면서 대학에서 보직을 수행하는 것이 무척이나 어렵고 힘들다는 말씀을 드린 적이 있었다. 이를 기억하시고는 제자의 영성(靈性)이 걱정되어 영혼을 맑게 해주는 시집을 보내 주신 것이다. 늘 곁에 두고 읽으라는 말씀도 적혀 있었다. 그리고 동봉한 작은 선물은 은사님께서 오래 전에 하버드대학에 교환교수로 가셨었는데, 그때 기념품점에서 구입한 하버드대학 마크가 새겨진 대리석 문진(文鎭)이었다. 기념으로 갖고 계시던 것을 제자가 수필가가 되었다는 말씀을 들으시고는 곱게 포장하여 보내 주신 것이다.

직장 생활과 대학원 공부를 함께 병행하는 나에게 은사님은 각별한 사랑과 관심을 베풀어 주셨다. 그런 격려와 지도 덕분에 교육학 박사학위를 받을 수 있었다. 은사님은 '고등교육의 사회학'이란 과목을 맡으셨다. 이 강의는 대학사회를 사회학이란 학문으로 정교하게 분석하는 것이었다. 당시 나는 대학 핵심 부서에 몸을 담고 있었기 때문에 총장, 교수, 직원, 학생의 역할과 갈등에 대해 자신 있게 발표할 수 있었다. 발표가 끝나자 교수님은 박수를 치시며 칭찬과 격려를 아끼지 않으셨다.

요즘에도 은사님은 종종 전화를 하신다. 그러고는 최근에 감명 깊게 읽으신 책을 추천해 주신다. 책 내용을 무척이나 자세하게 설명해 주서서 통화 시간이 삼십 분을 훌쩍 넘는다. 또한 세계 최고 전문가들이 참석하는 글로벌 인재포럼이 있으니 꼭 참석해 공부하라는 주문도 하신다. 이렇게 아직도 학문적 열기가 뜨거운 은사님의 모습에 제자는 그저 감동할 따름이다. 그 은사님도 이제 연세가 일흔이시다.

이렇듯 옛 은사님들은 예순이 다 된 옛 제자에게 마지막까지도 추수(追隨) 교육을 하고 계신다. 사제 간의 정이 담뿍 담긴 이런 식의 교육도 내 세대가 마지막이지 않을까 싶다. 내게도 그동안 가르친 제자들이 적지 않다. 옛 은사님들로부터 받은 따뜻한 '교육적 사랑'을 나의 사랑하는 제자들에게 어떻게 나누어 줄 수 있을까 고민하였다.

나는 학생들과 수업의 감동을 깊이 간직하려고 학기말 시험 시간에 뜻깊은 세리머니를 준비한다. 시험 전날에 빵집으로 전화해서 수강 학생 수만큼 왕찐빵을 주문한다. 시험 당일, 학생들이 기말 시험 답안지를 다 작성하고 제출하러 나오면 내 옆자리에 앉히고는 그동안 수업시간에 나누어 준 시(詩) 한 편을 외워 낭송하라고 한다. 그 시들은 예술가적 고난을 극복하는 데 도움이 될 것 같아 내 나름대로 찾아낸 로버트 프로스트의 〈가지 않은 길〉, 푸슈킨의 〈삶이 그대를 속일지라도〉, 피천득의 〈이 순간〉, 서산대사의 〈답설야(踏雪野)〉 등이다. 시를 낭송한 학생들에게는 손에 따뜻한 왕찐빵을 한 개씩 쥐어 준다.

그러면 학생들의 손은 떨린다. 이것이 내가 옛 은사님들로부터 받은 교육적 사랑을 제자들에게 나누어 주기 위해 나름대로 개발한 세리머니이다. "교육은 머릿속에 씨앗을 심어 주는 것이 아니라, 씨앗이 자라나게 해주는 것이다." 칼릴 지브란의 말이다. (2013)

빛나는 꿈의 계절아

연보라색 라일락 꽃향기가 봄바람을 타고 불어온다. 잔디밭은 엊그제 내린 비로 더욱 푸르러졌다. 이곳 학교의 나무숲은 연두색 물감을 풀어 놓은 듯 참으로 아름답다. 신록의 계절이 돌아왔건만 이곳에서의 봄은 아직까진 낯설다. 나는 일곱 해의 봄을 경기도 이천에 있는 건지산 기슭에서 맞이하곤 하였다. 찬란하게 빛나던 봄 산과 맑게 지저귀던 산새 소리는 아직도 내게 여전하다. '춘산여소(春山如笑)'라는 말이 실감날 정도로 산이 아름다웠기 때문이다.

난 지난겨울에 오랫동안 가르쳐 온 학교를 떠나왔다. 실로 내 인생에 있어서 가장 소중한 황금기를 보낸 학교였다. 그곳에서의 학생들은 무척이나 사랑스러웠다. 동료 교수들도 너무나 좋았다. 설립자의 교육이념도 참으로 훌륭하였다. 설립자는 주위 사람들에게 늘 이렇게 말했다. "나무를 키우는 재미가 이렇게 좋은데 사람 키우는 재미는 얼마나 더 좋을까." 그분은 나무를 즐겨 키우듯이 인재도 즐겨 키우려 했다가 그만 병이

들어 세상을 떠나고 말았다. 대학 본부에는 설립자가 무척이나 좋아했던 한시가 걸려있다. "心如萬古靑山 行如千里長江"이다. "마음은 오랜 세월 동안 변함없는 푸른 산과 같고, 행동은 유구한 세월을 흐르는 강물과 같아라."라는 뜻이다. 한시 속에 들어있는 '靑江'을 자신의 호로 삼았고 학교 이름에 붙였다.

이렇듯 고귀한 이념을 가진 대학이라 난 학교를 위해서라면 무슨 일이든지 열심히했다. 학교 밖의 사람들과 부딪쳐 가면서 학교 발전의 길을 뚫었다. 그 길로 젊은 교수들과 어깨를 나란히 하며 힘차게 달렸다. 그 결과, 개교 수년 만에 전국 320여 개 대학 가운데 '개혁과 변신에 성공한 31개 대학'에 선정되는 영광을 차지하였다. 봄, 여름, 가을, 겨울이 나에게는 따로 없었다. 학교와 집이 각기 다를 수가 없었다. 하얗게 눈이 내린 겨울날에도, 억수같이 비가 내리는 여름날에도 나는 사무실을 지키며 일했다. 밤을 꼬박 새우며 그 많은 학교 역사 자료를 정리하면서도 신이 났다.

그렇게 나의 모든 열정과 사랑이 담긴 학교를 떠나온 것이다. 떠나기 전, 실로 많은 고민을 하였다. 며칠 동안 잠도 자지 못하며 뒹굴었다. 설립자 묘소 앞에서 고개를 깊이 숙이고 용서를 구하기도 하였다. 또 적지 않은 눈물도 흘렸다. 이렇게 아름답고 훌륭한 학교에서 근무할 수 있도록 기회를 주신 학교 측에 정말로 죄송하였다. 그리고 끝까지 함께 가지 못하고 중도에 뛰쳐나와 실망감을 안겨 준 동료 교수들에게도 정말 미

안하였다. 그러나 정작 용서를 구해야 할 대상은 학생들이었다. 얼마나 믿고 따르던 학생들이었던가. 사실 그들 앞에 무릎을 꿇고 용서를 빌었어야만 했다. 무슨 말로 어떻게 변명할 수 있단 말인가. 난 지금도 그냥 고개 숙이고 용서를 빌고 싶은 마음뿐이다. 어느 졸업생의 말대로 "언제나, 늘, 그곳, 그 자리에 계셔야 하는 우리 교수님"이었는데.

사실 나의 삶을 새롭게 바꾸고 싶은 열망을 갖게 된 것은 수년 전부터였다. 전혀 다른 삶을 살고 싶어서였다. 이제까지의 삶을 절벽에 곤두세웠다. 프로스트의 〈가지 않은 길〉을 이제서 다시 가고 싶었던 것이다. 그리고 타히티 섬을 찾아간 고갱이 되고 싶었다. 또한 하얗게 눈 덮인 킬리만자로 산꼭대기를 향해 올라가는 한 마리 표범이 되고 싶었다. 주변 사람들에게 떠나야 했던 나의 마음을 이렇게 밖에는 표현할 수가 없었다. 사람들은 어리둥절해 했다. 무슨 소리를 하는 것인지 모르겠다고. 어쨌든 지금 나는 새로운 길로 들어섰고, 하얗게 눈 덮인 산을 홀로 오르고 있다.

오늘은 전에 근무했던 학교에 대한 사랑과 고마움, 그리고 그리움을 한없이 느끼며 길을 오르고 있다. 문득 꿈 많던 고등학교 시절 학교 뒷동산에 올라 즐겨 부르던 노래가 생각난다. 〈사월의 노래〉라 하였던가. 그 노래가 봄을 맞은 나의 심정을 그대로 말해 주는 것 같다. "목련꽃 그늘 아래서 베르테르의 편지를 읽노라. 구름 꽃 피는 언덕에서 피리를 부노라. 아아,

멀리 떠나와 이름 없는 항구에서 배를 타노라. 돌아온 사월은 생명의 등불을 밝혀 든다. 빛나는 꿈의 계절아, 눈물 어린 무지개 계절아"(2004)

영화 전공 여학생의 눈물

'예술과 사회'라는 수업시간에 일어난 일이다. 각 분야에서 열심히 활동하고 있는 선배들을 찾아가 예술가로서 느끼는 긍지와 보람을 인터뷰하여 발표하는 수업이었다. 영화과 스텝 전공 학생의 차례였다. 평소에 공부를 잘하는 여학생이라 발표 내용에 기대가 컸다. 그런데 처음에는 큰 목소리로 자신 있게 발표하더니만 점차 작아지면서 끝내 말을 잇지 못하고는 강의실 바닥에 주저앉아 엉엉 우는 것이 아닌가. 다들 당황했다.

그 학생이 찾아간 선배는 영화 현장에서 촬영 일을 돕고 있었다. 선배의 꿈은 '정일성' 촬영감독과 같이 되는 것이었다. 그래서 그 무거운 촬영기자재를 들고 밤낮없이 현장을 쫓아다녔다. 몸이 아파도, 배가 고파도 꾹 참았다. 희망이 있었기 때문이다. 그런데 그렇게 현장을 뛰어다닌 지 몇 년이 지난 지금까지도 생활은 전혀 나아지질 않았다. 아직도 촬영은커녕 카메라도 들여다보지 못하고 있다. 여전히 극빈자 생활을 하고 있다. 발표시간에 절대로 울지 않겠다고 다짐했지만 들짐승(?)

같이 생활하는 불쌍한 선배를 막상 떠올리니 눈물이 주르륵 흘러내렸던 것이다. 자신의 꿈이 산산조각 난 것이다. 그래서 그토록 서글피 울었던 것이다.

영화 촬영현장에서 있었던 일이다. 폭포에서 여인이 떨어지는 장면을 꼭 찍어야 하는 상황이었다. 무척 위험해서 인형을 떨어트리려 했으나 생동감이 없을 것 같아 사람이 그 역할을 해야 했다. 연기자는 물론 스턴트맨까지도 벌벌 떨며 무서워하였다. 아무도 나서질 않았다. 이때 카메라를 잡고 있던 촬영감독이 여자 한복으로 재빨리 갈아입고는 그 높은 폭포 위로 올라가 몸을 날렸다. 그 한 장면을 찍으려고 목숨을 걸고 뛰어내렸던 것이다. 그 촬영감독은 한 작품, 한 작품에 혼을 담아 찍었다. 그래서 관객들은 그가 촬영한 영화에서 깊은 감동을 받았고 그 작품들은 한국 영화사에 길이 남을 명작이 되었다. 〈8월의 크리스마스〉, 〈초록물고기〉, 〈하얀 전쟁〉 등이다. 바로 그 촬영감독이 고 유영길이다. 훌륭한 영화는 이렇듯 스텝의 목숨 건 승부로 만들어지는 것이다.

톱스타 황정민은 청룡영화상 시상식에서 "60여 명의 스텝들이 차려 놓은 밥상에서 나는 그저 밥만 맛있게 먹기만 하면 되는데, 스포트라이트는 항상 나만 받는다."며 스텝들에게 고마운 마음과 함께 미안한 마음을 전했다. 최근 그는 광고에서 벌은 수익금 3000만 원을 가정형편이 어려운 스텝에게 기부했다. 톱스타의 말대로 정말 힘들게 생계를 이어가는 스텝들이

많다. 밑바닥을 기는 생활 속에서는 결코 좋은 영화가 만들어지지 않는다. 연기자만 스포트라이트를 받는 세상이 되어서는 안 된다. 스텝들로 함께 스포트라이트를 받아야 한다. 소위 문화 선진국에서는 영화의 주인공에 관심을 갖기보다는 어떠한 사람들이 영화를 만들었는지에 더욱 관심을 갖는다. 감독, 제작, 촬영, 조명, 편집, 미술, 의상 등의 스텝을 중요하게 생각한다. 영화는 실제로 이들이 만들기 때문이다. 아카데미상은 총 25개 부문에서 시상하는데 스텝에게 주는 상이 21개인 것만 보더라도 스텝의 위대함을 알 수 있다.

정부가 한국 영화산업 진흥을 위해 향후 4000억 원을 지원하겠다고 발표했다. 그 지원금 속에는 '현장 영화인력 처우개선'이 들어가 있다. 얼마나 반갑고 다행스러운지 모른다. 참으로 귀하게 확보한 지원금이다. 이 돈은 결코 헛되이 쓰여서는 안 된다. 많은 부분이 현장에서 열심히 땀 흘리며 영화를 만드는 사람들에게 돌아가야 한다. 이제 다시는 수업시간에 강의실 바닥에 주저앉아 엉엉 우는 영화과 학생이 나타나지 않았으면 좋겠다. (2006)

무감독 시험

가을이 깊어간다. 대학 캠퍼스는 단풍으로 붉게 물들었고, 모과나무 열매도 노랗게 익기 시작했다. 이맘때쯤이면 대학은 중간고사를 치른다. 나는 시험 때만 되면 늘 고민에 빠진다. 내가 가르친 학생들이 보는 시험을 꼭 감독해야 하는가에 대한 고민이다. 전에 근무했던 대학에서는 유아교육과 학생들을 가르쳤다. 교사가 될 학생들을 가르치면서 시험 감독에 대한 고민은 더욱 커졌다. '감독'이라는 말 자체가 주는 어감이 싫고, 전혀 교육적이지 않기 때문이다. 더구나 자기가 가르친 학생을 대상으로 시험 감독을 하는 경우는 더욱 그러하다. 그러나 '시험 감독 할당표'가 전달되면 여지없이 시험지를 기다리고 있는 학생들을 찾아가야 한다.

시험 감독을 하다 보면 커닝 모습이 갖가지 형태로 눈에 들어온다. 왼손을 꼭 쥐고 있는 학생 곁에 가만히 다가가서 손을 펴보면 여지없이 글씨가 깨알같이 적힌 쪽지가 나온다. 책상 바닥을 가만히 들여다보면 보호색(?)을 띤 투명 필름에 작은 글자가 가득이다. 답안지를 쓰고 있는 볼펜을 이리저리 돌려 보면 작은 글자가 곁에 빼곡히 적혀 있다. 누를 때마다 면이 바뀌면서 글자가 뛰쳐나오는 특수 볼펜도 있다. 책상 위에 놓인 휴대폰에서는 시험 문제 관련 문자가 계속 돌아간다. 더구나 자기 다리에다가 글자를 가득 써놓는 학생도 등장했다. 책상과 강의실 벽에 써놓는 커닝 방법은 이젠 고전이 되어 버렸다. 커닝하다 들킨 후의 태도도 많이 달라졌다. 예전에는 들키면 얼굴이 빨개지며 무척 부끄러워했다. 그러고는 교수를 찾아가 용서를 빌었다. 그러나 요즘 학생들은 들켜도 부끄러워하질 않는다. 재수가 없어서 들켰다고 생각한다. 교수에게 찾아가지도 않는다. 한 인간으로서 그 중요한 수치심마저 잃어 가고 있다. 도덕적 수준이 옛 대학생들에 비하여 형편없이 낮아졌다. 참으로 안타깝다.

시험을 열심히(?) 감독하고 나면 이름을 밝히지 않는 학생에게서 꼭 연락이 온다. "교수님은 열심히 감독하셨지만 커닝하는 학생을 보았다."는 것이다. 커닝한 학생은 전에 장학금까지 받은 적이 있는 학생이라는 것이다. 결국 전에도 커닝하여 장학금을 받았다는 이야기이다. 그 말을 들으면 나를 책망하게 된다. 시험 감독을 제대로 하지 못했다는 죄책감이 든다. 시험 감독에 점점 자신이 없어진다. 나름대로 열심히 감독하지만 첨단화된 커닝 수법을 따라 잡을 수가 없다.

나는 '학식은 사회의 등불, 양심은 민족의 소금'이라는 자랑스러운 교훈을 가진 고등학교를 졸업했다. 입학할 때 전교생이 모인 자리에서 소위 '명예 선서'라는 것을 한다. 선배들이 쌓아 올린 명예와 전통을 지키겠다는 선서이다. 이 선서에 따라 고교 3년간 감독 없이 많은 시험을 치렀다. 학생들끼리 시험을 보는 것이다. 우리 모두가 시험 감독인 셈이다. 한번은 이런 일이 있었다. 한 학생이 몰래 커닝을 하였다. 그것을 어떤 학생이 보고는 학교에 탄원하였다. "이렇게 양심이 더러운 학생과는 절대로 함께 공부할 수 없으니 퇴학시켜 달라."고. 그 탄원이 받아들여져 커닝한 학생은 며칠 후 학교를 그만 두고 말았다. 나는 감독 없이 시험을 보는 습관이 몸에 배어 있어 대학에 입학해서 졸업할 때까지 늘 맨 앞자리에 앉아 시험을 보았다. 같은 과 친구들은 이러한 나를 '별종'으로 보았다. 어떻게 보면 양심 결벽증 비슷한 것이 고교 때부터 생겨나 지금까지 달라붙어 있다. 그것이 어쩌면 나를 지금까지 흔들리지 않도록 굳게 잡아 주었는지 모른다.

아, 시험 시간이 이제는 서로에게 즐거운 시간이 되었으면 좋겠다. 학생들은 기분 좋게 문제를 풀고, 교수들은 연구실에서 기분 좋게 책을 읽고. 그런 때가 과연 올 수 있을까? 이번 기말고사 기간만이라도 제발 교수들이 '무궁화 꽃이 피었습니다' 놀이를 안 했으면 좋겠다. 설령 그 놀이를 한다 하더라도 걸려드는 학생이 한 명도 없으면 정말 좋겠다. (2004)

성취 스토리

봄 햇살이 좋아 연구실 밖으로 나온다. 학교가 산기슭에 자리 잡고 있어 이맘때가 제일 아름답다. 산길을 오른다. 파란 하늘을 배경으로 이제 막 올라온 연두색 작은 잎사귀들, 그리고 제법 커진 녹색 나뭇잎이 맑은 향기를 뿜어낸다. 여기저기서 새소리가 들린다. 꿩이 날아가며 "꿩" 소리를 낸다. 휘파람새도 "휙" 하니 휘파람을 분다. 그리고 빨간 날개를 가진 새가 딱따구리처럼 나무 등을 '톡톡' 친다. 정신이 샘물처럼 맑아진다.

이번 학기에 맡은 강의는 '직업과 진로'이다. 학생들이 진로를 잘 설계할 수 있도록 도와주는 수업이다. 자신이 이제껏 살아오면서 가장 크게 성취한 이야기를 작성해서 제출하라는 과제를 내주었다. 학생들은 '성취 스토리'를 쓰면서 많은 생각을 할 것이다. 성취한 일도 생각해 낼 것이고, 실패했던 일도 생각해 낼 것이다. 그러면서 무엇 때문에 성취했고, 무엇 때문에 신패했는지 고민할 것이다.

예전에 적잖은 감동을 받았던 몇 편의 성취 스토리가 생각난다. 방송영상을 전공한 남학생이 쓴 글이었다. 자신이 가장 크게 이룬 성취는 '대학생 국토대장정'이었다. 가장 무덥던 여름날 보름 이상을 국토 남단에서부터 북단까지 기수가 되어 맨 앞에 서서 걸었다. 남들은 아프면 주저앉기라도 했는데 자신은 깃발을 들었기 때문에 아파도 멈출 수가 없었다. 드디어 임진각에 도착했을 때 깃발을 든 채 그대로 주저앉아 엉엉 울었다. 두 발로 걸어서 우리나라 국토를 완주한 것이 가장 큰 성취라고 했다. 이때를 생각하면 그 어떤 고통도 참아 낼 수 있다고 했다.

연기를 전공한 여학생이 쓴 글이 또한 생각난다. 그 어렵다는 교육대학에 합격했다. 졸업하면 바로 초등학교 교사가 된다. 부모님은 무척이나 자랑스러워하셨다. 그런데 졸업하자마자 그 길을 포기했다. 부모님께 말씀드렸다. "교대를 졸업했으니 부모님 소원을 들어드렸습니다. 이젠 제가 꿈꾸었던 길을 가겠습니다. 연기자가 되겠습니다." 이 말씀에 부모님은 앓아누웠다. 그러고는 우리 대학 연기과의 문을 두드렸다. 합격자 발표가 나던 날, 학교 홈페이지를 눌렀다. '합격'이란 단어가 튀어나왔다. 세상을 다 얻은 것마냥 기뻤다. 드디어 어렸을 때부터 바라던 연기자의 길을 걸어갈 수 있게 된 것이다. 그래서 서울예대 연기과 합격이 가장 큰 성취라고 했다.

연극을 전공한 남학생이 쓴 글 역시 또렷이 기억난다. 집안이 가난해서 등록금을 댈 수가 없었다. 단기간에 많은 돈을 벌

연극과 | 영화과 | 방영과 | 시디과 | 무용과 | 문창과 | 사진과 | 한음과 | 실디과 | 극작과 | 실음과 | 광창과 | 디아과 | 연기과

당신의 무대에서는 무엇이 더 가능한...

영화, 그 이상은 없다

바보상자가 세상을 바꾼다

지금 이 순간, 너의 색으로 채워라

머리는 차갑게, 가슴은 뜨겁게 느껴라 너의 열정을

감각의 칼을 쥐고 문장을 조각하라

시간을 기억하라. 지금을 보아라!

가장 한국적인 것이 가장 세계적인 것이다!

'공간을 지배하는 자,'

이곳에서 너희들의 드라마가 시작된다

순수라는 물감은 영혼에 소리로서 펼쳐진다

예술로 예술을 알리다

상상력의 원천은 과학, 그 안에서 만개하라

미쳐라! 너희가 움직이는 순간 모든...

수 있는 길을 찾아야 했다. 그래서 찾은 것이 원양어선을 타는 것이었다. 한 달만 열심히 일하면 한 학기 등록금을 마련할 수 있을 것 같았다. 그래서 파나마로 향하는 참치 잡이 어선에 몸을 실었다. 몸이 부서질 정도로 밤낮없이 일했다. 조금만 방심하면 생명을 잃게 되는 극한 상황 속에서도 일했다. 망망대해에서 부모와 형제가 보고 싶었고 친구들도 보고 싶었지만, 꾹꾹 참고 일했다. 한 달이 지났다. 부산항에 도착하니 뜨거운 눈물이 한없이 쏟아졌다. 손에는 등록금 액수의 현금이 쥐어졌다. 이렇게 자기 손으로 등록금을 마련한 것이 가장 큰 성취라고 했다.

학생들이 쓴 성취 스토리를 읽으면 가슴이 먹먹해진다. 내가 가르치는 학생들이 정말 자랑스럽다. 저렇게 예술에 대한 강렬한 뜻을 품고 공부하는 학생들을 최선을 다해 도와주어야겠다는 결심을 새롭게 한다. 다음 주 수업시간에는 학생들이 성취 스토리를 제출하게 되어 있다. 이번에는 어떤 감동적인 성취 스토리가 담겨 있을까? 무척이나 기대된다. (2015)

3부 ― 랩소디 인 블루

명훈장학회

서해안 고속도로에서 발안 나들목으로 나와 경기도 화성시 팔탄면 해창리 쪽으로 달리다 보면 '명훈장학회(明勳奬學會)'라는 작은 현판이 걸린 농장이 나온다. 이 농장에는 여든이 넘은 할아버지, 할머니 두 분이 젖소를 키우며 살고 있다. 농장에서 나온 우유를 팔아 아들의 모교 학생들에게 장학금을 준 지 올해로 33년째다. 이 작은 장학회의 도움을 받은 이들이 백 명이 넘는다. 독일로 유학 가 박사학위를 받고 모교의 교수가 된 사람, 미국 명문 대학으로 진학해 세계적인 과학자로 활동하는 사람, 국가고시에 합격하여 고위직 공무원이 된 사람, 언론사 기자로 활동하는 사람도 있다.

장학회의 주인공은 농과대학에 진학해 이 나라 농촌 지도자를 꿈꾸던 젊은이였다. 마치 심훈의 소설 〈상록수〉에 나오는 주인공 '박동혁' 같은 청년이었다. 친구들과 밤새워 가며 농촌 발전에 대해 이야기를 나누고, 교수에게는 날카로운 질문을 하던 지혜롭고 똑똑한 청년이었다. 옷차림은 늘 수수했고 어려운

친구가 있으면 앞장서 도와주었다. 그래서 친구들로부터 많은 사랑을 받았고 교수들로부터는 이 나라 농촌 발전을 위해 일할 인물로 기대를 모았다. 그랬던 젊은이가 대학 2학년 때 학과 모임에서 불의의 사고로 세상을 떠났다.

아들을 잃은 부모는 서울에서 하던 운수업을 정리하고 조용한 시골로 내려갔다. 그곳에서 농장 일을 하면서 아들 잃은 슬픔을 잊고자 했다. 그를 무척이나 아꼈던 같은 과(科) 친구들과 가족들은 그가 못 이룬 꿈을 이루기 위해 장학회를 만들었다. 장학회 이름은 그 친구의 이름을 따서 '명훈장학회'라 하였다. 농장 입구에 작은 현판을 단 게 1978년의 일이다.

이 장학회는 다른 장학 재단들과는 성격이 사뭇 다르다. 귀한 자식을 잃은 부모의 애절함과 수십 년 된 친구들의 우정, 그리고 지도교수의 제자 사랑이 담겨 있다. 부모는 젖소를 길러 나온 우유로 장학금을 대고, 학과 친구들과 사회에 진출한 장학생들은 매월 일정액을 보탠다. 아흔이 넘은 지도교수도 지금까지 계속 장학금을 넣는다.

이런 사연 때문에 장학금 수여식도 각별하다. 일반 장학 재단들처럼 도심 한복판 사무실에서 근엄하게 장학증서를 수여하는 게 아니다. 장학회와 인연을 맺은 사람들을 모두 초청해 시골 농장에서 잔치를 벌인다. 학교를 졸업하고 사회에 진출한 장학생들, 학과 친구들, 모교의 교수들, 가족과 친지들이 참석한다. 작은 태극기가 걸린 농장 사무실에서 장학회 취지문이

낭독되고, 매학기 뽑힌 4명의 장학생은 선서하고 선배들의 축하 박수 속에 장학금을 받는다. 아들이 못 이룬 꿈을 꼭 이루어 달라는 부모님의 말씀에 서로 의지를 다진다. 잔디밭에 나가면 부모님께서 기쁜 마음으로 준비한 음식들이 가득 차려져 있다. 밭에서 손수 키운 채소로 반찬을 해놓고 농사지은 쌀로 만든 밥에선 김이 모락모락 난다.

학기 초에 이렇게 만났던 장학생들은 옥수수가 익는 늦여름이 되면 다시 농장을 찾는다. 사람 키를 훌쩍 넘긴 옥수수를 베기 시작한다. 겨우내 젖소를 먹일 사료이다. 낫을 든 남학생들은 소매를 걷어붙이고 땀을 뻘뻘 흘리며 밑둥치를 베어 낸다. 여학생들은 우유를 짜는 일을 돕고 젖소의 똥을 치운다. 후배들이 이렇게 땀 흘리며 일하는 사이 선배들이 과일과 술을 사들고 찾아온다. 선배들의 뜻밖의 방문에 후배들은 신이 난다. 낮에는 옥수수 밭에서 땀 흘려 일하고, 밤에는 농업 발전에 대해 진지한 토론을 벌인다.

몇 년 전, 장학회 주인공의 조카가 결혼을 했다. 식장에는 하객들로 가득 찼다. 식이 끝나고 갑자기 장학회 주인공의 형인 혼주(婚主)가 마이크를 잡더니 "오늘 결혼식을 축하하기 위해 여러분이 내주신 축의금 전액을 장학회에 기부하겠습니다."라고 말했다. 그 순간 여기저기서 "와~!" 하는 환호성과 함께 박수 소리가 터져 나왔다. 조카가 기특하게도 돌아가신 삼촌의 이름이 들어간 장학회에 결혼식 축의금을 기부하자고 아버지에게 제안했던 것이다. 결혼식에 참석했던 사람들은 '참 아름다운 결혼식'이라 했다.

장학회는 모교에도 뜻깊은 일을 했다. 농과대학 건물 내에 첨단 멀티미디어 강의실을 기증했다. 강의실 입구 벽에는 장학회 명칭이 새겨진 동판이 붙었다. 부모님이 아들 후배들을 위해 기꺼이 돈을 내놓아 만든 것이다. 모교 총장도 부모님과 함께 기쁜 마음으로 동판을 걸었다. 얼마 전에는 부모님이 농장 땅 일부를 팔았다. 그동안 대학 등록금이 오른 만큼 장학금의 액수가 커지지 못한 것을 가슴 아프게 생각해 오다가 결심하신 것이다. 그날 부모님은 장학기금이 늘어난 예금통장을 보고는 어린애처럼 좋아하셨다.

세상을 살다 보면 예기치 않게 큰일을 당한다. 어떤 사람은 큰일을 당하면 그 충격에 주저앉아 세월만 탓한다. 하지만 어떤 사람은 큰일을 극복하면서 사람들에게 기쁨과 행복을 줄 수 있는 '보람찬 일'을 생각해 낸다. 그러곤 바로 실천에 옮긴다. 그런 사람에게는 슬픔이 기쁨으로 바뀌고, 불행은 행복으로 찾아오기 마련이다. 프랑스 시인 폴 발레리가 이런 말을 했다. "생각하는 대로 살아야 한다. 그렇지 않으면 사는 대로 생각하게 된다." 큰일을 당한 사람들이 꼭 기억해 둘 말이다.

(2010)

헌책방 예찬

나는 헌책방에 대한 남다른 추억을 갖고 있다. 고교 시절을 인천에서 보냈다. 동인천역 광장 건너 자유공원으로 오르는 길 오른쪽으로 작은 골목길이 하나 있었다. 그곳에는 헌책방이 몇 군데 있었는데 가난한 학생들이 즐겨 찾았다. 새 책의 절반 값만 주면 원하는 책을 구할 수 있었다. 운 좋으면 공부 안 한 학생의 깨끗한 참고서도 만날 수 있었다. 어느 날, 그곳에서 오래된 세계사 참고서 한 권을 발견했다. 처음 보는 참고서였다. 그 책을 갖고 시험공부를 했다. 그런데 놀랍게도 그 책에서 시험 문제가 쏟아져 나왔다. 시험지를 받아 들고는 얼마나 놀랐던지. 그 후 그 참고서는 나의 비밀 병기가 되어 시험 때마다 요긴하게 써 먹었다.

또 과천에 살 때이다. 과천에도 헌책방이 한 군데 있었다. 그곳에서 노산 이은상 선생이 지은 《노산시조선집》을 우연히 발견하였다. 예전부터 갖고 싶었는데 절판이 되어 구할 수 없었던 책이었다. 그 책을 얻은 기쁨은 무척 컸다. 단기 4291년에 만든 책이고, 책 제목은 월탄 박종화 선생이 직접 썼다. 표지를 넘기니 노산의 육필(肉筆) 원고가 나왔다. 노산을 뵌 듯 기뻤다. 그리고 책장을 들추다가 오래된 상품권 한 장을 발견했다. 이 책의 주인이 상품권을 소중히 보관한다고 책 속에 넣었다가 잊은 것 같다. 상품권을 발견한 순간 가슴이 얼마나 놀랐던지 쿵쿵 했다. 물론 다음 날 그 상품권으로 작은 지갑 하나를 구입했다. 지금도 그 지갑을 열면 그때의 놀랍고 즐거운 추억이 함께 열리곤 한다.

예전에 일본 도쿄의 간다진보초(神田神保町)에 위치한 헌책방 거리를 찾아간 적이 있다. 헌책방 거리는 젊은 학생들, 직장인들, 노인들로 활기가 넘쳐흘렀다. 헌책방은 수백 개에 달했고, 수십 년의 역사는 물론 근 100년의 역사를 자랑하는 책방도 여럿 있었다. 교육학, 법학, 경영학 등 학문 분야별로 각각 특성화된 가게를 보고는 일본의 보이지 않는 힘이 바로 이곳에서 뿜어져 나오는 것이 아닌가라는 생각마저 들었다.

헌책방은 이젠 찾아보기 힘들다. 청계천에 즐비하던 헌책방들도 자취를 감추었다. 사람들이 헌책을 찾질 않는다. 대형 서점에 가면 원하는 새 책을 마음대로 고를 수 있기 때문이다. 굳이 헌책을 원하면 인터넷 속으로 들어가면 갖가지 재밌는 이름을 단 헌책방들이 문을 열고 있다. 그곳에서 클릭해 돈을 지불하면 집까지 친절하게 배달해 준다. 요즘에는 지하철 통로에 과월호 잡지를 비롯해 실용 서적을 진열해 놓고 파는 가게도 등장하였다. 하지만 지하철 책 가게나 인터넷 헌책방은 진정한 의미의 헌책방은 아니다. 헌책방에서만 있는 옛 책의 향기를 맡을 수 없을 뿐만 아니라, 서가에서 책을 뽑는 조용한 즐거움도 누릴 수 없기 때문이다.

마을마다 헌책방을 하나씩 만들면 어떨까? 헌책방은 문화적, 교육적, 경제적 효과가 크다. 우선 헌책방은 도서관 역할을 훌륭히 해낼 수 있다. 창고 속에 쌓인 오래된 책들, 장롱 속 깊이 들어가 있는 책들, 책꽂이에서 먼지를 뒤집어쓰고 있는 책들을 한곳에 모으면 마을의 훌륭한 지적 자산이 된다. 헌책방은 오래된 것에 대한 소중한 가치인 온고지신(溫故知新)을 깊이 깨닫게 해준다. 그리고 헌책방은 따뜻한 문화공간이 될 수 있다. 북카페식으로 운영하면 마을 사람들이 모여 훈훈한 이야기를 나눌 수 있고, 마을 어르신네들이 소중한 경험담을 들려주는 교육장으로도 활용할 수 있다. 게다가 멀티미디어까지 구비하면 작지만 훌륭한 영화관, 음악 감상실이 된다. 요즘 좋은 영상물들이 싼 값에 많이 보급되고 있기 때문에 이를 청소년 교육과 주민 정서 함양에 적절히 활용할 수 있다.

또한 헌책방으로 마을 문화기금을 마련할 수 있다. 책 판매로 얻은 수익금은 가난한 학생들을 위한 장학금으로 사용할 수 있으며, 마을 사람들이 문화예술을 즐기는 데 사용할 수 있다. 큰 도시에서 열리는 공연과 전시회에 주민 모두가 구경 갈 수 있으며, 공연 단체를 마을로 초청하여 문화예술을 더욱 풍

요롭게 즐길 수도 있다. 헌책방은 마을에 기적을 일으킬 수 있다. (2008)

꿈터

공부방 '꿈터'를 방문했다가 한 장의 사진을 발견했다. 공연이 끝나고 무대 위에서 촬영한 기념사진이었다. 여자 어린이들은 예쁜 드레스를 입고, 입가에는 함박웃음을 머금은 채, 손에는 꽃다발을 들고 있다. 남자 어린이들은 흰색 와이셔츠에 나비넥타이를 매고, 장미꽃을 한 송이씩 들고 환하게 웃고 있다. 사진 속의 어린이들은 마치 하늘나라에서 내려온 천사들 같았다. 어린이들 생애에서 가장 아름다웠던 순간이 담긴 사진이었다. 나비넥타이, 턱시도, 예쁜 드레스 모두 태어나서 처음으로 입어 본 것들이었다.

공연은 그 자체로 감동이었다. 어린이들은 그랜드피아노로 〈아름답고 푸른 도나우 강〉을 연주했고, 드럼과 기타로 〈마법의 성〉을 연주하였다. 그리고 〈거위의 꿈〉을 합창으로 불렀다. "그래요 난 난 꿈이 있어요 그 꿈을 믿어요 나를 지켜봐요"를 부를 때는 모든 어린이가 울었다. 이를 구경하던 부모도 울었고, 지도한 선생님도 울었다. 공연장은 눈물바다가 되었다.

가장 감동적인 장면은 정신지체 장애인인 어린 소녀의 피아노 연주였다. 그 소녀는 그랜드피아노 앞에 앉아 건반을 누르기 시작했다. 처음에는 잘했으나 계속 틀렸다. 소녀의 손가락은 건반 위에 멈췄고, 이를 구경하는 친구들과 선생님, 그리고 학부모들은 애를 태웠다. 사람들은 끝났다고 생각했다. 그런데 그 소녀는 틀린 부분을 찾아 바르게 쳤고, 끝까지 차분히 연주를 마쳤다. 곡이 끝나자마자 친구들과 선생님, 그리고 학부모들이 모두 일어나서 환호성과 함께 기립 박수를 쳤다. 정말 기적과 같은 일이 일어난 것이다. 정신장애 소녀가 피아노 한 곡을 다 마친 것이다. 예술교육이 갖고 있는 위대한 힘이 발휘된 것이었다. 그 소녀의 어머니는 구석에서 눈물만 흘리고 있었다.

꿈터 어린이들이 살고 있는 곳은 지금은 제법 아파트가 많이 들어섰지만, 예전에는 변두리에 속한 지역으로 어려운 사람들이 모여 살던 곳이었다. 이런 모습은 지금도 크게 변하지 않았다. 어린이들의 부모는 대부분 하루씩 벌어서 먹고 사는 사람들이고, 적잖은 어린이들이 편부, 편모 밑에서 생활하고 있다. 어린이들은 어려운 환경 때문에 문화적 혜택을 받지 못하고 있었다. 어린이들의 소원은 피아노를 배우는 것이었다. 그러나 한 달에 7~8만 원씩이나 하는 교습비를 내며 음악 학원에 다닐 수 있는 어린이는 아무도 없었다. 이러한 모습을 지켜본 어떤 부부가 발 벗고 나섰다. 우선 공부방 '꿈터'를 만들어 어린이들을 모았다. 어린이들에게 꿈을 키워 주고, 자신감과 자존

감을 심어 주기 위해서는 문화예술교육을 해야 한다는 결심을 하고는 사방팔방으로 뛰어다녔다. 다행히 어떤 이웃이 그 이야기를 듣고, 쓰던 피아노를 기증하였다. 장소도 마련되어서 이젠 가르칠 선생님만 모시면 되었다. 그러다 우연히 알게 된 것이 한국문화예술교육진흥원의 문화예술교육 지원 사업이었다.

꿈터는 즉시 사업 신청서를 작성하여 제출했다. 다행히 진흥원으로부터 지원해 주겠다는 연락을 받았다. 꿈터 식구들은 하늘을 날 듯 기뻤다. 작은 꿈을 이룰 수 있게 되었기 때문이었다. 봄, 여름, 가을 동안 선생님들은 열심히 가르쳤고, 어린이들은 열심히 배웠다. 그 무덥던 여름날에도 한 명의 결석자도 없었다. 단풍이 빨갛게 물들던 늦가을 어느 날, 교육의 결실을 나누고자 음악회를 열었다. 음악회 장소는 인하대학교 강당이었다. 공부방에서 자원봉사를 하던 어떤 교수가 강당을 쓸 수 있게 다리를 놓아주었다. 어린이들은 그곳에서 꿈에 그리던 공연을 하게 된 것이었다.

꿈터는 올해 〈베토벤 바이러스〉를 신청했다. 드라마의 영향이 컸다. 드라마 속의 이야기처럼 작은 교향악단이 꿈터에서 만들어지고, 모든 어린이들이 드라마 속의 주인공이 될 것 같다. 그리하여 올 크리스마스에는 어렵게 살아가는 이웃 어른들에게 큰 감동을 안겨 줄 것이란 생각이 들었다. 문득 한 어린이가 공연을 마치고 느낀 소감을 적은 글이 떠올랐다. "공연을 마치니 너무 뿌듯해서 어쩔 줄을 몰랐다. 공연을 잘했다고 엄

지손가락이 열 개 있다면 열 개를 다 위로 올리고 싶었다. 밖은 추웠지만 별들이 잘했다고 박수를 치듯 반짝거렸다. 오늘 하루가 꿈만 같다."(2009)

스승을 그리며

국악을 전공하는 교수의 연주회에 참석하였다. 〈나에게 산조를 알게 한 또 한 분의 스승〉이라는 비교적 긴 제목을 내건 연주회였다. 20여 년 전 자신에게 거문고 산조를 처음으로 가르쳐 준 스승을 그리워하며 연 음악회였다. 그 교수는 쉰을 훨씬 넘긴 나이였다. 초청장을 보내면서 화환과 축의금을 일절 사절한다고 했다. 초청장을 열어 보니 안에는 후원회 회원으로 가입해 달라는 말과 함께 은행 계좌번호가 적힌 작은 메모지가 담겨 있었다. 그 후원회는 돌아가신 스승의 사모님이 홀로 어려운 생활을 하고 있어 이를 도와드리고자 자신이 직접 나서서 만든 모임이었다. 그래서 그날 자신이 알고 있는 모든 사람들을 초청하여 연주회를 개최한 것이다.

연주회장은 매우 좁았다. 그러나 자리는 만석이었다. 대개 국악 연주회는 자리가 많이 비어 있기 마련인데 이날 연주회는 그렇지 않았다. 백발의 노인부터 교복을 입은 어린 학생들까지 가득 차 있었다. 연주회가 시작되기 전, 스승이 생전에 연

주하던 모습이 담긴 짧막한 영상을 보여주었다. 스승의 거문고 산조가 끝나자마자 교수는 그 곡을 그대로 이어받아 똑같은 가락으로 거문고를 타기 시작했다. 천천히 진양조로 시작한 곡이 중모리와 중중모리를 거치면서 마지막 부분인 자진모리까지 다다르자, 그는 무척 힘겨워 보였다. 거의 한 시간 동안 혼자서 연주를 하였고, 스승의 산조를 그대로 재현해 보이려고 손에 골무도 끼지 않은 채 거문고 줄을 눌렀기에 손에 마비도 왔다.

그 순간 객석 여기저기서 "어잇! 어잇!" 하는 추임새 소리가 들리기 시작했다. 동료 국악인들이 교수에게 힘을 북돋아 주기 위해 내는 소리였다. 이에 교수는 있는 힘을 다해 마지막 자진모리까지 연주를 마쳤다. 곡이 끝나자마자 힘찬 함성과 함께 우레와 같은 박수 소리가 쏟아져 나왔다. 실내에 불이 환히 켜졌고 객석에는 스승의 사모님이 앉아 계셨다. 처음부터 연주를 듣고 계셨던 것이다. 교수는 사모님을 향해 큰절을 올렸다. 그러고는 손의 마비 때문에 서른일곱 군데나 틀렸고, 스승의 산조는 흉내조차 못 냈다고 죄송한 말씀을 드렸다.

참으로 눈물겹도록 감동적인 음악회였다. 돌아가신 스승을 향한 존경과 사랑이 홀로 남은 사모님께 그대로 바쳐진 음악회였다. 그 교수에게 산조를 가르쳐 준 스승은 바로 거문고의 명인 '한갑득' 선생이시다. 조선 거문고 산조의 창시자인 백낙준 명인과 그의 제자인 박석기 명인의 맥을 잇는 분이셨다. 사모님은 국악의 명창 '박보아' 선생이었다. 명창 임방울 장례식에서 상여 소리를 기가 막히게 잘 메겨 당시 운집한 수많은 인파를 눈물바다로 만든 분이셨다.

우리나라 국악인들의 삶은 이렇게 늘 어렵다. 이 땅의 겨레와 민족의 음악을 지켜 온 가난한 국악인들을 국악인들에게만 맡겨 놓아서는 안 된다. 늦었지만 이제부터라도 우리 사회는 국악에 대해 깊은 관심을 가져야 한다. 우선 정부가 앞장서야 한다. 문화부는 국악 진흥방안뿐만 아니라 원로 국악인들에 대한 복지방안도 함께 내놓아야 한다. 그리고 민간 기구인 문화예술위원회도 국악 지원방안을 적극 모색해야 한다. 또한 메세나를 통해 문화예술 활동을 지원하고 있으나 대부분 서양 음악에 국한하고 있는 기업도 국악을 지원하는 일에 나서야 한다. '국악 살리기'에 정부와 기업이 적극적으로 나서야 한다. 그렇지 않으면 국악의 명줄은 우리 시대에 끊어질 지도 모른다. (2005)

랩소디 인 블루

미국 몇몇 대학들의 방문이 있었다. 풀브라이트가 주관하여 한·미 대학 간의 국제교류 활성화를 모색하기 위한 자리였다. 간담회를 마치고 캠퍼스 투어를 하면서, 한국무용 학생들의 수업장면과 잔디밭에서 봉산탈춤도 구경하였다. "원더풀!" 소리와 함께 박수갈채가 쏟아졌다. 방문 일정의 마지막 순서로 선물 전달 시간이 되었다. 나는 카네기멜론대학의 국제교류 담당자와 선물을 교환하였다. 대학 심볼이 새겨진 손목시계를 전달했고, 예쁘게 포장한 CD 한 장을 받았다. 그 CD는 대학의 아름다운 모습을 담은 홍보물일 것이라 생각하고는 사무실로 그냥 가져왔다.

포장지를 뜯었더니 필립스사에서 만든 음악 CD였다. 거쉰이 작곡한 〈랩소디 인 블루〉가 담겨 있었다. '카네기멜론대학과 이 CD는 어떤 관련이 있을까?' CD를 이리저리 살펴보다가 이 곡을 연주한 교향악단이 '피츠버그 교향악단'이라는 사실을 발견했다. 카네기멜론대학 담당자로부터 받은 명함을 꺼내 들었다. 대학 주소를 살펴보니 '피츠버그'였다. 그 순간, '아! 공학으로 유명한 카네기멜론대학이 교향악단을 통해 고차원의 문화예술 홍보를 하고 있구나.'라는 생각이 번뜩 들었다.

카네기멜론대학은 명실 공히 미국 최고의 명문 대학이고, 피츠버그 교향악단 역시 세계 최고의 교향악단이다. 최고끼리 만나 최고의 시너지 효과를 발휘하고 있었다. 즉, 문화예술을 통해 대학의 격(格)을 한층 높이고 있는 것이다. 우리 대학에서 선물한 손목시계가 마냥 초라하게만 느껴졌다. 명색이 예술대학이면서도 예술적 가치를 고려하지 않은 선물을 전달했으니 얼마나 창피스럽던지.

선진국 사람들은 이렇게 같은 지역에 있는 문화예술자원을 공유해 가면서 '윈-윈 효과'를 거두고 있다. 우리의 모습은 어떨까? 우리나라도 본격적인 지방화 시대로 접어들면서 각 지방자치단체들은 문화예술 분야에 막대한 돈을 쏟아붓고 있다. 요즘 웬만한 도시는 수백억 원의 '문화예술의 전당'을 하나씩은 다 갖고 있다. 그뿐만 아니라 엄청난 예산 지원이 요구되는 시립 교향악단, 합창단, 무용단도 운영하고 있다. 특히 교향악단의 경우, 대도시에 위치한 지방자치단체들은 거의 다 갖고 있다. 이는 해마다 개최되는 교향악 축제를 보면 알 수 있다. 연주가 있는 날은 지역 수요 인사들이 모두 상경하여 지방행정이 마비될 정도라고 한다. 예전에는 교향악 축제가 불과 며

칠이면 끝났는데 이제는 한 달을 육박한다. 그만큼 교향악단이 많아졌다는 이야기다. 게다가 국내외 유명 지휘자까지 경쟁적으로 초청하여 지휘봉을 맡기고 있다. 문제는 이렇게 엄청난 돈을 들여 만든 훌륭한 콘서트홀에서 연주한 곡이 불행히도 그날 연주로만 끝난다는 데 있다. 피츠버그 교향악단의 CD같이 메이크업할 생각을 전혀 하질 못한다.

각 지역 문화예술의 전당에서 이루어지는 음악, 미술, 무용, 연극, 뮤지컬, 오페라 등의 작품들을 CD 한 장에 담아 보자. 그 자체가 지역의 훌륭한 문화 콘텐츠가 될 수 있다. 이 CD는 곧 지역의 자랑이고, 주민들의 자존심이며, 도시의 경쟁력이 된다. 국내뿐만 아니라 외국 사람에게도 자랑스럽게 선물로 내놓을 수 있다. 해외 출장 간 시장이 시립교향악단 연주곡이 담긴 CD를 외국 주요 인사들에게 자랑스럽게 내놓는 장면을 한 번 상상해 보자. 또한 그것을 받아 든 외국 사람의 표정도 상상해 보자. '놀라움' 그 자체일 것이다. 도시의 품격이 달라지고, 도시의 이미지가 달라진다. 도시가 무한한 경쟁력을 갖게 되는 것이다. 지역의 문화 콘텐츠가 담긴 한 장의 CD는 실로 엄청난 가치를 담고 있다.

봄비가 하루 종일 내리는 주말, 카네기멜론대학으로부터 선물 받은 〈랩소디 인 블루〉를 듣는다. 침울하던 기분이 밝아진다. 우리는 언제쯤 이런 감동을 서로 주고받을 수 있을까? (2006)

가세 가세 대학 가세

대학 캠퍼스는 늦가을로 접어들었다. 학교가 들어서 있는 건 지산 기슭은 온통 노랗고 빨간 단풍으로 절정을 이루고 있다. 중간고사를 채점하기 위하여 밀린 답안지를 꺼내든다. 갑자기 노크 소리가 난다. 문을 조심스럽게 열고는 앳된 얼굴의 소녀가 들어선다. 못 보던 얼굴이다. 양손에 짐이 가득인 것을 보니 물건을 팔러 온 소녀이다. 어떻게 이곳 멀리 산속에 있는 학교까지 찾아왔을까? 사연을 물으니 눈물부터 주르륵 흘린다. 괜히 물었다 싶어 물건을 사줄 테니 짐을 풀어 보라 하였다. 보따리 속에서는 양말, 칫솔 세트가 무더기로 쏟아져 나왔다. 나는 양말 세 켤레를 집어 들었다. 소녀는 할머니와 단둘이서 살고 있는데 대학에 들어가기 위해 야학에 다닌다고 한다. 소녀의 꿈은 수능시험을 열심히 공부하여 명문 대학에 입학하고 돈을 많이 벌어 부모님과 집 나간 남동생을 찾아오는 것이라 한다. 그런 소박한 꿈 이야기를 들으니 마음이 짠해진다.

그러고 보니 다음 주가 바로 수능이다. 올해도 60만 명이 넘는 학생들이 대학에 들어가기 위해 수능시험을 치른다. 나는 수능시험(당시는 예비고사)에 대하여 잊지 못할 추억이 있다. 하나는 소중한 친구를 잃은 것이고, 또 하나는 인사불성이 된 것이다. 그 친구는 멀리 충청도에서 인천으로 유학을 왔는데 심성이 매우 착하고 어질었다. 그런데 그만 수능시험에서 실수를 하는 바람에 그날 이후 우리 곁을 떠났다. 30년이 흐른 지금까지도 그 친구의 소식은 알 수가 없다. 수능시험이 꿈 많던 한 고등학생을 쓰러트렸고, 나에게는 소중한 친구를 빼앗아 갔다. 수능시험을 치른 그날 저녁, 까까머리 학생은 친구들과 어울려 인천 용동 큰 우물가 술집에서 인사불성이 되도록 술을 마셨다. 늦은 밤 친구 등에 업혀 온 내 모습을 보시고는 딱해하던 부모님의 표정을 지금도 잊을 수가 없다. 난 그해 수능시험과 본고사 성적이 좋질 않아 재수를 했다. 명문대 배지를 달고 다니는 고교 동창들과 마주치기 싫어 새벽 첫차와 늦은 밤 막차를 타며 서울 인사동에 있는 재수 학원을 오갔다. 이렇듯 수능시험은 나에게는 고통스런 기억뿐이다.

수능 때가 되면 이 나라 교육을 총책임지고 있는 교육부는 '수능 시행일 교통소통 종합대책'이라는 것을 내놓는다. 그날 직장 출근 시간과 학교 통학 시간이 늦춰지고, 듣기평가 시간에는 버스·열차 등 모든 운송수단이 서행되며, 경적 사용도 금지된다. 또한 항공기의 이착륙 시간도 통제된다. 마치 국방부의 군사작전을 방불케 한다. 꽤 오래 전이었지만 여름에도 수능시험을 본 적이 있었다. 시험 전 날 저녁에 선생님들은 잠자리채를 들고 학교 나무 위로 올라가 울어대는 매미를 잡는다고 난리를 피웠다. 듣기 평가에 행여 방해가 될까봐 달밤에 매미 잡기를 한 것이다. 이런 이상한 나라가 지구 상에 또 있을까? 온 나라가 수능시험에 흥분하고 야단법석을 떤다. 정부는 정부대로 흥분하여 수능 대책이라는 것을 내놓아 모든 국민을 꼼짝 못하게 만들고, 언론기관은 수능시험을 톱뉴스로 다루며 시청자와 독자를 흥분시킨다. 학부모들은 교회로, 절로, 성당으로 가서 합격 백 일 기도, 합격 예배, 합격 미사를 드린다. 빵집도 이 시기를 놓칠 새라 신상품을 내놓는다. '정답 싹 쓸어라-빗자루', '가세 가세 대학 가세-가위', '합격, 가서 되라-카스텔라' 등. 각종 입시 캐릭터가 들어간 빵이 날개 돋친 듯 팔린다. 문제를 잘 소화해 내라고 약국에서도 소화제가 제법 팔린다고 한다. 수험생 역시 이날 하루만큼은 모든 잘못이 용서되는 줄 알고 어른 흉내를 낸다. 전국에 있는 경찰서가 긴장해야 하는 날 중에 하루가 바로 이날 밤이다. 저녁 늦은 시간에는 각 방송국에서 수능시험 정답 풀이를 경쟁적으로 내보낸다. 그 시간은 학생들을 삶과 죽음으로 내모는 시간이기도 하다. 시험 성적이 잘 나온 학생들은 시내로 뛰쳐나가 광란의 밤을 보낸다. 하지만 시험을 못 본 학생들은 한밤중에 아파트 옥상 위를 서성거린다. 수험생을 둔 학부모의 애간장이 한없이 녹아내리는 밤이다.

이것이 이 땅에서 매년 이맘때가 되면 치러지는 수능시험의 신드롬이다. '대학수학능력시험'은 대학에 들어가서 공부를 잘할 수 있나, 없나를 검증하는 시험이다. 그런 목적을 가진 수능시험이 학생의 인생을 갈라놓는 시험이 되고 말았다. 지금의 수능시험은 30년 전의 예비고사와 비교해 볼 때 전혀 달라지지 않았다. 오히려 그 강도가 더욱 심해졌다. 한 고등학생이 '국민교육헌장'을 빗대어 입시위주 교육을 힐난하게 풍자한 글이 문득 떠오른다. "우리는 명문대 입학의 역사적 사명을 띠고 이 학교에 들어왔다. 선배들의 빛난 입시 성적을 오늘에 되살려 안으로는 이기주의적 자세를 확립하고, 밖으로는 친구 타도에 이바지할 때다. 이에 우리의 나아갈 바를 밝혀 입시의 지표로 삼는다. 영악한 마음과 빈약한 몸으로 입시의 기술을 배우고 익히며, 타고난 저마다의 소질을 무시하고 우리의 성적만을 행복의 기준으로 삼아 찍기의 힘과 눈치의 정신을 기른다." 올해 또 얼마나 많은 학생들이 친구를 잃고, 가족을 잃고, 급기야는 자기 자신까지 잃고 헤매고 다닐까? (2003)

4부 ─ 얼굴 수련

언제나 마음은 태양

설이 지나면 곧 각급 학교 졸업식이다. 유치원을 비롯해서 초·중·고등학교, 대학 졸업식까지 줄지어 기다리고 있다. '졸업'이란 우리말 속에는 '소정의 교육과정을 마치다'라는 '마침'의 뜻이 담겨 있다. 그런데 서양에서 졸업을 뜻하는 단어인 'commencement'에는 '시작'이라는 의미가 담겨 있다. 우리나라 졸업식은 시작보다는 마침에 치우쳐 있다. 적지 않은 학생들이 졸업식을 '교육을 끝장내는 날'로 생각하고 있다. '더 큰 교육이 시작되는 날'이란 것을 모르고 있다.

최근 수년 사이 중학교 졸업식 뒤풀이가 상상할 수 없을 정도로 폭력적으로 변했다. 경기도 한 중학교 졸업생들의 뒤풀이 모습을 TV 뉴스로 보고는 엄청난 충격을 받았다. 눈이 쌓여 있는 땅바닥을 알몸으로 구르는 남학생들, 옷이 벗겨진 채 촬영을 강요당하는 여학생들, 졸업생들의 옷을 벗겨 소화기로 분사하는 모습들, 속옷만 입은 채 도심을 질주하는 모습들을 보고는 해외 토픽인 줄 알았다. 학생들이 어쩌다 '이 지경'이 되

얼굴 수련

었는지 분노가 치솟았다.

내가 학생이던 시절에 졸업식은 참으로 엄숙했다. 스승과 제자가 헤어짐을 아쉬워하는 석별의 자리이고, 제자를 더 큰 세상으로 보내는 축복의 자리였다. 교복을 단정히 입고는 마지막 등교를 했다. 엄숙한 졸업식이 끝나면 담임 선생님을 찾아가 '큰절'을 올렸다. 졸업장과 꽃다발을 받아 들고는 운동장으로 나가 학교 선경을 배경으로 친구들과 사진을 찍었다. 그러고는 중국집으로 가서 그토록 먹고 싶었던 짜장면과 탕수육을 배불리 먹고 집으로 돌아왔다. 간혹 거리에서 검정색 교복에 흰 밀가루를 뒤집어 쓴 다른 학교 졸업생들을 만났는데, 같은 학생 눈에도 한심하기 짝이 없었다. 어른들도 이런 모습에는 한결같이 혀를 찼다.

올해는 폭력적인 졸업식 뒤풀이를 뿌리 뽑기 위해 경찰이 특별방범활동에 들어간다고 한다. 교육을 담당하고 있는 교육부와 치안을 담당하고 있는 경찰 당국이 이미 합동대책회의까지 마쳤다고 한다. 경찰은 학교별 담당 경찰관 배치, 졸업식 전후 및 당일 취약 지역 순찰, 졸업식 당일 배회 학생 귀가를 지도할 계획이라 한다. 졸업식 추태를 막기 위해 공권력인 경찰까지 동원하는 사태가 벌어졌다.

이 지경이다 보니 어느 중학교 교장 선생님은 곧 다가올 졸업식이 긱정되어 가성에 '건전한 졸업식을 위한 학부모 안내'라는 통신문을 보냈다. "절대로 케첩이나 계란, 밀가루, 식용

유, 액젓뿐만 아니라 음식물들을 일절 가져오지 않도록 하고, 옷을 찢거나 알몸으로 다닌다든지 하는 비상식적인 행위가 발생하지 않도록 하여 졸업식을 원만히 치를 수 있도록 학생들에게 꼭 당부하여 주시기 바랍니다."라고 안내했다.

이런 가운데 일부 학교에서는 뜻깊고 이색적인 졸업식을 하였다. 충북 형석고에서는 졸업생들이 조선 시대 사대부들이 타고 다니던 가마에 담임 선생님을 태우고 식장으로 입장하고, 강원 황지여중에서는 졸업생들이 담임 선생님과 함께 학급기를 들고 식장에 입장한다. 또한 울산 강동초등학교는 졸업생 전원이 뮤지컬 공연을 펼쳐 보인다. 이들에게 큰 박수를 보내고 싶다.

아주 오래 전에 보았던 영화의 한 장면이 떠오른다. 흑인 배우 시드니 포이티어와 루루가 선생님과 학생으로 열연한 〈언제나 마음은 태양〉이란 영화이다. 불우한 환경 속에서 자란 반항적인 학생들을 온갖 어려움 속에서도 끝까지 바르게 교육시킨 흑인 선생님에 대한 영화이다. 영화 마지막 장면, 졸업식 파티에서 루루가 선생님을 위해 〈To Sir with Love〉란 노래를 애절하게 부른다. 왜 이 장면이 갑자기 떠오를까? (2011)

수학여행

제주에서 열리는 회의에 참석하려고 김포공항에 도착하였다. 공항 청사는 아침 일찍인데도 불구하고 초등학교와 중학교 학생들로 가득 차 있었다. 제주도로 수학여행을 떠나는 학생들이었다. 그런데 그날따라 강풍이 불어 새벽에 출발하려는 비행기를 비롯하여 학생들이 타려는 비행기까지 모두 결항되었다. 학생들은 새벽 5시에 집에서 나왔다고 한다. 4시간 이상을 바닥에 앉아 기다리고 있는 것이다. 수십만 원이라는 적지 않은 돈을 들여 떠나는 수학여행 치고는 학생들의 표정이 전혀 즐겁지 않았다. 돈 때문에 못 온 친구도 있다고 한다.

어째서 교사와 학부모는 학생들의 수학여행을 쉽고 편하게 보내려 하는가. 수학여행도 엄연한 '교육'이다. 편하고 빠른 것이 교육적으로 다 좋은 것은 아니다. 불편한 것을 참고 견디는 것이 교육이요, 천천히 가면서 많은 것을 생각토록 하는 것이 교육이다. 그런 면에서 비행기보다는 배 타고 떠나는 수학여행이 더욱 교육적이고 낭만적이었을 텐데.

서귀포 중문에서 회의를 마치고 성산포행 시외버스에 올라 탔다. 모처럼 혼자 여행하기 위해서였다. 성산포 일출봉에 도착하니 그 넓은 기슭이 학생들로 꽉 차 있었다. 제주도로 수학여행 온 학생들이 다 모여 있는 듯했다. 어제 김포공항에서 만났던 그 학생들도 보였다. 나도 그 무리에 섞여 함께 오르기 시작하였다. 경사가 가파르기 시작하자 학생들은 짜증 섞인 불만을 쏟아 놓기 시작했다. "버스에서 보면 되지 왜 힘들게 올라가나!", "누가 이런 것 만들어서 사람을 괴롭히나!" 등등. 인솔 선생님도 함께 오르고 있었지만 교육적인 아무런 말도 하지 않았다. 고려 때 몽고군을 몰아내기 위하여 피 흘려 싸웠고, 일제 강점기에는 조선인들이 강제로 징용되어 절벽에 깊은 동굴을 파야 했던 눈물겨운 사연 등을 이야기 해주어야 하는데. 이토록 처절한 역사의 현장을 오르면서 느끼는 감정이 고작 이것밖에 안 되는 것을 알고는 참으로 안타깝고 슬픈 생각이 들었다.

수학여행은 스위스의 위대한 교육자 페스탈로치가 처음으로 만든 것이다. 교실에서 이루어지는 학교 교육의 한계를 극복하고자 학교 밖으로의 여행을 시도한 것이다. 수학여행을 통해 지덕체의 전인교육을 완성코자 한 것이다. 감수성이 예민한 어린 학생들에게 자연 상태에서 사물을 새롭게 보고 느끼는 교육이 필요하다는 것을 느꼈기 때문이다.

나도 학창 시절에 수학여행을 다녀왔다. 그때는 나라가 경제적으로 도약하려는 중요한 때였기 때문에 학생들에게 시대적 사명감을 심어 주기 위해서 일부러 중화학 공업 지대가 몰려 있는 포항, 울산 지역으로 여행을 갔다. 어마어마한 규모의 공업단지 견학뿐만 아니라 인근의 유물·유적지까지 함께 구경함으로써 조상들의 슬기와 지혜, 그리고 용기도 담뿍 느낄 수 있었다. 물론 우리 강산의 아름다움은 말할 것도 없고…….

아직도 잊히지 않는 추억이 생각난다. 잠은 부산의 한 오래된 여관에서 잤는데, 짓궂은 친구들의 장난으로 방문의 창호지가 많이 찢어지는 일이 발생했다. 이튿날 아침에 선생님께서는 문방구에서 창호지를 사오셨고 우리에게 찢어진 방문을 붙이라고 하셨다. 우리는 미안한 마음으로 정성스럽게 새 창호지를 붙였다. 그날 저녁에 귀한 반찬이 나왔다. 냄비에 계란찜이 가득했다. 당시에 계란찜은 매우 귀한 음식이었다. 여관집 아주머니가 깊은 감동을 받아 내놓은 음식이었다. 아직까지도 계란찜만 보면 그때의 즐거운 추억이 떠오른다.

바야흐로 수학여행 철이다. 전국의 초등학교를 비롯해서 중·고등학교들이 수학여행을 준비하고 있다. 수학여행은 학생들이 다정한 친구들과 그리고 어렵게만 느껴졌던 선생님과 함께 여행을 하면서 많은 이야기를 나누며, 또한 새로운 것을 많이 보고 느끼게 해주어야 한다. 수학여행은 시간과 돈을 쓰리 다니는 여행이 결코 아니다. 교육적인 요소가 반드시 포함되어야 한다. 이를 위해서는 기획 단계에서부터 철저한 준비가

필요하다. 여행사에 일방적으로 맡기는 형태에서 벗어나 학부모와 교사가 함께 머리를 맞대고 우리 아이들에게 무엇을 보여주고 느끼게 해줄 것인가를 진지하게 고민하여 프로그램을 만들어야 한다. 그뿐만 아니라 수학여행과 관련하여 꼭 알아야 할 내용은 반드시 사전에 수업시간을 통해 교육이 이루어져야 한다. 여행지에 대한 지리적, 역사적, 언어적, 문화적 내용들이 사전 교육을 통해 이루어져야 한다. 여행 현장은 언제나 시끄럽고 산만하기 때문이다. 또한 돈 때문에 수학여행을 못 가는 학생이 한 명이라도 발생하지 않도록 어른들의 세심한 관심과 배려도 필요하다. 돈 때문에 못 가는 학생은 그 상처와 한을 일생 동안 안고 살아가기 마련이다.

수학여행은 감동적이어야 한다. 드라마같이 감동적이어야 한다는 말이 아니다. 학생들이 수학여행을 통해 많은 것을 보고, 느낄 수 있게 프로그램과 내용이 감동적이어야 하며, 또한 학생들을 인솔하는 선생님의 모습도 감동적이어야 한다는 말이다. 감동 없는 수학여행은 시간과 돈만 낭비하는 여행이다. 예전에 〈수학여행〉이라는 한국 영화가 있었다. 시골 학교 선생님이 자기가 살고 있는 마을밖에는 모르는 시골 오지 학생들을 데리고 수학여행을 떠나 갖가지 사연을 갖고 세상 구경을 시키는 감동적인 영화였다. 영화 속에서 선생님 역할을 구봉서 씨가 맡았는데 학생들을 사랑하고, 보호하며, 애쓰는 모습이 눈물 날 정도로 감동적이었다.

공교롭게도 그 학생들을 제주 공항에서 다시 만났다. 표정들이 영 엉망이었다. 내가 물었다. "여행 즐거웠나요?" 한 학생이 대답하였다. "제주에서 본 것이라고는 구멍 뚫린 돌뿐이에요. 지긋지긋해요." 감동 없는 수학여행의 현주소를 그대로 보여주었다. (2006)

공부의 즐거움

강원도 동해안 지역에 눈이 폭탄처럼 쏟아졌다. 100년 만에 처음이라 한다. 폭설로 도시 기능은 마비되었고, 산간 곳곳 마을도 고립되었다. 우수가 지났고, 곧 경칩인데 어째서 이렇게 놀라운 일이 벌어지는 것일까. 이는 불교에서 말하는 '인과응보'와 깊은 관련이 있다. 억지소리 같지만 씨앗을 잘못 심어 놓았기에 그 씨앗이 자라나 엄청난 피해를 가져온 것이다. 그 씨앗이 바로 '공부(工夫)'이다. 자연과 더불어 살아갈 수 있는 공부를 시켰어야 했는데 이기적인 공부만 시켰다. 그 결과, 하늘과 땅에서 이런 놀라운 일들이 벌어진 것이다.

공부의 뜻을 살펴보면, '工' 자는 하늘(—)과 땅(—)이 수직(ㅣ)으로 연결되어 있고, '夫' 자는 이치를 깨달은 사람을 나타내고 있다. 따라서 공부에는 '하늘의 뜻을 잘 깨닫는다'는 의미가 담겨 있다. 공부는 원래 즐겁다. 즐겁기 때문에 선인들은 "오늘 공부하여 도(道)를 깨달으면 내일 죽어도 좋다."고 하였다. 그 즐겁던 공부가 '고통스런' 것으로 바뀌었다. 공부는 원래 재밌게 노는 것이었다. 학교라는 영어 단어인 'school'에는 '노는 곳(schole)'이란 뜻이 들어 있다. 근데 그 뜻이 완전히 바뀌어 '학습하는 곳'으로 잘못 사용되고 있다. 이 말을 만든 고대 그리스 사람이 크게 화낼 일이다.

얼마 전 〈블랙〉이라는 영화를 보았다. 볼 수도 없고, 들을 수도 없는 캄캄한 암흑 속에서 짐승처럼 살아가는 한 소녀를 선생님이 갖은 노력으로 세상과 소통할 수 있는 온전한 인간으로 만든다는 매우 감동적인 영화였다. 영화를 보면서 얼마나 눈물이 흐르던지. 공부의 위대함을 새삼 깨닫게 해주었다. 영화의 주인공과 비슷한 운명의 길을 걸었던 '헬렌 켈러'가 생각난다. 헬렌 켈러가 쓴 〈3일만 눈을 뜰 수 있다면〉이라는 글이 있다. "나의 유일한 소망은 죽기 전에 꼭 3일만 눈을 뜨고 보는 것이다. 눈을 뜨는 첫날, 나의 선생님 설리번을 찾아가겠다. 손끝으로 만져서 알던 인자한 모습을 마음속 깊이 간직해 두겠다. 그리고 친구들을 찾아가 그들의 모습과 웃음을 기억하고, 들로 산보 나가 아름다운 노을을 바라볼 것이다. 다음 날에는 먼동이 트는 모습을 보고, 메트로폴리탄 미술관에서 예술 작품을 보고, 저녁에는 밤하늘의 별들을 바라보겠다. 마지막 날에는 아침 출근하는 사람들의 활기찬 모습을 보고, 영화관에서 영화를 보고, 저녁 땐 네온사인의 거리를 걷고, 쇼윈도 위에 진열된 상품을 보면서 집으로 돌아와 3일 동안 볼 수 있게 해준 하느님께 감사 기도를 드리고, 또다시 영원한 암흑세계로 들어갈 것이다." 이 글을 읽으면 우리같이 온전한 사람들이 감사해야 할 것이 너무도 많음을, 그리고 우리에게 주어진 시간들이 매우 값진 것임을 깨닫게 된다. 온전하게 볼 수 있고, 들을 수 있을 때에 '공부'를 해야 한다.

그런데 우리나라 어른들은 거의 공부를 하지 않는 것으로 나타났다. 성인 평생공부 비율이 경제협력개발기구(OECD) 평균에 '한참' 못 미친다. 연령대별 1주간 공부 시간이 10대 48시간, 20대 5시간, 30대 14분, 40대 7분이고, 50대 이상의 어른들은 거의 공부하지 않는다(통계청 조사 결과). 공부를 많이 하는 사람일수록 '양질의 삶'을 살고, 공부를 적게 하는 사람일수록 '질 낮은 삶'을 산다는 것을 이미 경험해서 알고 있는데도 말이다.

내가 몸담고 있는 대학에는 '학사학위과정'이라는 제도가 있다. 전문대학을 졸업하고 현장에서 1년 정도 경험을 쌓은 사람들이 입학한다. 2년 동안의 공부를 마치면 예술학사학위를 수여한다. 낮에는 예술현장에서 일하고, 저녁에 공부한다. 유명한 영화배우, 탤런트, 뮤지컬 배우, 가수 등이 이 과정을 거쳐갔다. 이 사람들 중에 몇몇은 더 큰 공부를 위해 대학원에 진학했다. 공부의 '참 맛'을 깨달은 것이다. 시간을 다투는 그 바쁜 예술 현장에서 활동하면서 공부를 한다는 것이 얼마나 행복하고 보람 있는 일인지 새록새록 깨달은 것이나.

그래서 공자는 공부의 즐거움을 "배우고 때때로 익히면 또한 기쁘지 아니한가(學而時習之 不亦說乎)."라고 말했다. 공자는 출세하기 위한 공부보다는 자신의 인격을 갈고 닦는 공부가 진정한 공부라 했다. 또한 공부는 태어나서 죽을 때까지 즐거운 마음으로 해나가는 '삶의 과정'이라 했다. 그러나 공부에는 적지 않은 노력이 따른다. '學而時習'이란 글자를 가만히 살펴보면 이를 알 수 있다. '學' 자에는 어린아이가 책상 앞에 앉아서 두 손으로 책을 펼치고 '열심히' 공부하는 모습이 담겨 있고, '習' 자에는 어린 새가 날기 위해서 하얀 털이 보일 정도로 '열심히' 날갯짓하는 모습이 담겨 있다.

가난한 일본인으로, 미국 하버드대학으로 유학 가서 박사학위를 받고 수학의 노벨상이라 불리는 필드상까지 수상한 히로나카 헤이스케(広中平祐)라는 사람이 있다. 그는 저서 《학문의 즐거움》에서 "창조(공부)하는 인생이야말로 최고의 인생이다. 창조는 결코 학자나 예술가의 전매특허가 아니다. 우리의 일상생활 속에서 부단히 쌓아 올려야 하는 것이다. 창조하는 즐거움, 기쁨, 그것은 자기 자신 속에 잠자는, 전혀 알지도 못했던 재능이나 자질을 찾아내는 기쁨, 자기 자신을 보다 깊이 인식하고 이해하는 기쁨이다."라며 공부의 기쁨과 즐거움을 말했다.

신경과학자 다니엘 레비틴이 밝혀 낸 '1만 시간의 법칙'이 있다. 어떤 분야에서든 최고 전문가로 인정받으려면 1만 시간은 쏟아야 한다는 이론이다. 성공한 사람들은 모두 하루도 빠짐없이 3시간 이상 10년을 투자하며 '쉼 없는 공부'를 했다. 1

만 시간의 법칙을 적용한다면 지금 40대인 사람은 50대에, 50대인 사람은 60대에 그 분야 최고 전문가가 될 수 있다. 1만 시간의 법칙은 우리가 그동안 바삐 살아오면서 이룰 수 없었던 꿈을 다시 이룰 수 있는 이론적 근거를 제시해 준다. 우주과학자가 꿈이었다면 우주과학자가 될 수 있고, 변호사가 꿈이었다면 변호사가 될 수 있다. 또한 예술가가 꿈이었다면 예술가가 될 수 있다.

나는 정년퇴직을 한 후에 새롭게 공부하고 싶은 분야가 있다. 어렸을 때부터 꿈꾸어 왔던 일이다. 천문학을 다시 공부하여 전문가가 되어 천문대에서 일하는 것이다. 밤하늘의 별들은 아직도 나에게는 아련한 미지의 세계로 남아 있다. 그 길을 '용기 내어' 가고자 한다. 이를 위해 우주 천문학에 대한 책들을 공부할 것이다. 특히 천문학자 칼 세이건이 지은 책들을 모두 읽어 내 것으로 만들 것이다. 또한 그리스 로마 신화에 대해 열공(熱工)하여 천문학과 인문학을 재밌게 연결시킬 것이다. 그리고는 천문대를 찾아오는 어린이들에게 우주에 대한 이야기를 아름답고 신비스럽게 들려주며, 우주를 향한 꿈을 키워 주고 싶다. (2011)

얼굴 수련

내 연구실 창가에는 작은 불두(佛頭) 하나가 놓여 있다. 몇 년 전 서울 인사동 모임에 나갔다가 골동품점에서 산 것이다. 조그만 가게에는 수십 개나 되는 불두가 벽에 나란히 진열되어 있었다. 몸이 온전한 불상은 보았지만 몸이 없는 불두는 처음이었다. 처음에는 머리 부분만 있어 섬뜩하였으나 계속 보고 있으려니 마음이 푸근해졌다. 가장 잘생긴(?) 불두 하나를 집어 들었다. 생각보다 무척 무거웠다. 단단한 돌에 조각된 불두는 예술 작품처럼 섬세하였다. 머리 모양도 간다라 부처같이 하나하나 조각되었다. 얼굴도 얼마나 정성을 들였는지 마치 살아 있는 사람의 피부처럼 매끄러웠다. 인자한 눈, 곧은 코, 다문 입술은 마치 생불(生佛) 같았다. 특히 웃음 짓는 표정은 가톨릭의 성모님 얼굴을 꼭 닮았다. 주인에게 어디서 가져온 것이냐고 물었더니 티베트에서 가져왔다고 한다. 그곳에서는 사람들이 수행의 한 방편으로 부처의 얼굴을 조각한다고 한다. 문득 이 불두를 조각한 사람이 보고 싶었다. 눈 덮인 히말라야가 보이는 마을에 사는, 착하고 어진 사람일 것이다. 무슨 염원을 갖고 조각했기에 이토록 부처 얼굴이 살아 있을까.

문득 그리스 신화가 생각난다. 조각을 잘하는 왕이 있었다. 어느 날 왕은 코끼리 상아를 조각 재료로 얻었다. 오랜 시간 동안 정성을 다해 한 여인상을 빚었다. 자신이 만든 여인상을 보고는 스스로 그 아름다움에 반했다. 그래서 미의 여신에게 빌었다. 제발 이 여인상이 사람이 되게 해달라고 밤낮으로 빌고 또 빌었다. 왕의 간절한 기도에 감동한 여신은 차가운 조각상에 따뜻한 생명을 불어넣어 주었다. 드디어 조각상은 아름다운 여인으로 변했다. 티베트의 그 사람도 그런 마음으로 불두를 조각했으리라.

불두를 연구실에 놓은 이유가 있다. 법정 스님은 평안한 얼굴을 늘 가까이 두고 보면 자연히 얼굴이 평안해진다고 말씀하였다. 그래서 스님은 잔잔한 미소를 띠고 있는 부처 사진을 방 안에 걸어 두고 늘 보았다고 한다. 인사동 골동품 가게에서 잘생긴 불두를 보았을 때, 바로 그 말씀이 생각났던 것이다. 그래서 그 불두를 다른 것보다 훨씬 높은 가격을 주고 샀다. 당시 나는 몸과 마음이 무척이나 지쳐 있었다. 불두의 발견은 마치 사막에서 오아시스를 발견한 기분이었다.

내 연구실에는 불두 말고 또 평온한 얼굴 사진 한 장이 벽에 붙어 있다. 남양성모성지에서 가져온 성모님 사진이다. 무척이나 추웠던 겨울이었다. 우리 가족은 딸아이가 대학 입시에 합격하기를 바라는 간절한 마음에 성지를 찾았다. 야외에는 천진 난만한 어린 예수와 이를 자애로운 눈으로 내려다보는 성모님의 모습이 조각된 성모상이 있었다. 나는 어린 예수님의 차가운 손을 붙잡고는 간곡하게 기도를 드렸다. 그때 가슴에서 뜨거운 슬픔이 솟아오르며 눈물이 쏟아졌다. 딸이 옆에 있음에도 불구하고 흐느껴 울었다. 입시에 너무나도 큰 고통을 받고 있는 딸이 불쌍했고, 그 추운 새벽마다 성당에 기도하러 가는 아내가 측은했다. 예수님과 성모님께 은총을 내려 달라는 기도를 정말 간절하게 드렸다. 기도 후, 성당 성물방에서 성모상의 얼굴 사진을 발견했다. 그 간절했던 때를 기억하고자 사진을 구입했다.

나는 마음이 혼란스러우면 국립중앙박물관을 찾는다. 맨 먼저 찾아가는 곳이 삼 층 동쪽 끝에 있는 불교 조각실이다. 그곳은 햇빛이 잘 들고, 마루가 넓은 넉넉한 방이다. 커다란 석불과 철불이 이웃처럼 옹기종기 모여 있다. 어떤 부처는 손목이 없는데도 그저 웃고 있다. 그 못생긴 표정이 정말 좋다. 실같이 가는 눈에 입술이 유난히 작은 부처도 있다. 코가 마모되었지만 천진난만하게 웃고 있는 돌부처 표정도 좋다. 그 푸근한 얼굴들을 보고 있노라면 어느덧 돌덩이처럼 차갑고 단단했던 내 마음이 따뜻하게 녹아내린다.

쉰 살이 훨씬 넘은 내 얼굴을 가만히 들여다본다. 머리는 희고, 주름은 자글거린다. 양 볼에는 검은 버섯이 자라고 있고,

눈은 우습게도 쌍꺼풀이 되었다. 코는 더욱 커져 얼굴 한복판을 차지하고 있고, 입은 비뚤어져 있다. 내가 내 모습을 보고 깜짝 놀란다. 용서와 순종으로 살아온 얼굴이 아니다. 욕심과 집착으로 살아온 얼굴이다. 이제 새롭게 얼굴 수련을 해야겠다. 창가의 불두와 벽의 성모님 사진을 책상 가까이 가져다 놓고 자주 보며 닮아야겠다. 그리고 이번 주말에는 시간을 내 박물관 그 돌부처를 만나러 가야겠다. (2011)

줄탁동시

날이 잔뜩 흐려 있다. 산까치의 힘찬 비상을 보며 새해를 시작하려고 겨울 산을 찾는다. 아침부터 날리던 눈발에 서울대공원 호수는 어느새 하얗다. 푸른색의 청둥오리가 물 한가운데 떠 있다. 작은 동물원을 지나다가 혼자 놀고 있는 원숭이를 불러 본다. 쳐다보는 얼굴이 새빨갛다. 정말 무척 추운가 보다. 겨울날 하얀 입김을 내뿜는 살아 있는 동물을 만난다는 것은 꽤나 즐겁다. 계곡에서 흘러내리는 물도 꽁꽁 얼었다. 얼음 밑으로 흐르는 물소리에 귀를 기울인다. 투명한 소리에 정신이 맑아진다. 숲에서 까치 소리가 들리는데, 모습은 보이질 않는다.

마침 미술관에서는 까치를 무척이나 즐겨 그린 화가의 작품전이 열리고 있었다. 까치가 울면 기쁜 소식이 온다고 믿었고, 땅에서 사뿐히 날아오르는 모습을 보고 '꿈의 실현'이라 믿었던 화가다. 설레는 마음으로 발걸음을 재촉한다. 역시 작품 속에는 크고 동그란 눈을 가진 까치가 살고 있었고, 플라타너스 신작로 길을 걷는 행복한 가족과 이를 정답게 따르는 소와 바둑이가 있었다. 그런데 처음 보는 그림이 하나 걸려 있었다. 용맹스러운 닭이 캔버스를 가득 채우고 있는 그림이다. 부리는 있는 대로 다 벌리고 힘차게 울어대는 수탉의 모습이다. 하늘에는 어린 아이가 행복한 얼굴로 날아다니고 있다.

닭은 한국인의 의식세계 속에 어질고 용감한 동물로 살아 있다. 특히 닭 중에 맹모계(孟母鷄)는 병아리를 안전하게 지키는 닭으로 유명하다. 하늘을 나는 독수리도 겁내고 피한다는 닭이다. 그리고 보니 닭과 관련한 아름다운 말이 생각난다. '줄탁동시(啐啄同時)'이다. 매년 '교육학개론' 첫 시간이면 나는 칠판에 커다란 그림을 그린다. 알과 그 속에 병아리, 그리고 어미 닭. 교육이 갖고 있는 심오한 뜻을 학생들에게 쉽게 설명하기 위해서이다. 그 그림이 바로 '줄탁동시'인데, 두 마리의 새가 알을 동시에 쪼아 새로운 생명을 탄생시킨다는 뜻이 담겨 있다. 암탉이 알을 품으면 약 20일 만에 병아리가 된다. 암탉은 알 밖에서 단단한 부리로 껍질을 쪼아 주고, 어린 병아리는 알 안에서 연약한 부리로 껍질을 쫀다. 이렇게 약 3일 동안 하면 껍질이 깨지면서 새 생명이 탄생한다. 이 얼마나 아름다운 모습인가. 서로가 같은 꿈을 꾸면서 정성을 다하면 그 꿈은 반드시 이루어진다는 교훈을 우리에게 알려주고 있다.

줄탁동시의 우리 사회를 생각해 본다. 부자와 가난한 자가, 지위가 높은 자와 낮은 자가, 몸이 성한 자와 성치 못한 자가, 젊은 사람과 나이 든 사람이 함께 꿈을 꾸며 줄탁동시 한다면

디자인 전공 학생이 그려 준 '줄탁동시' 그림

우리 사회는 훨씬 행복해질 수 있을 것이다. 우리는 지난해 전혀 꿈을 꾸지 못한 채 살아왔다. 그야말로 무기력이 철저하게 학습된 해였다. 정치도, 경제도, 사회도 온통 삐뚤어지고 헝클어졌다. 가까운 나라도, 먼 나라도 모두가 잘 살고 있는데, 우리만 힘들게 살았다. 참으로 원망을 많이 했던 한 해였다. 새해에는 우리 모두 꿈을 꾸어 보자. 꿈이 없는 사회는 죽은 사회나 마찬가지다. 부자가 되는 꿈, 집을 장만하는 꿈, 직장을 갖는 꿈, 결혼하는 꿈, 건강해지는 꿈, 공부 잘하는 꿈, 그리고 우리나라가 잘 사는 꿈을 꾸어 보자.

지금부터 약 800년 전에 21세기를 살다 간 사람들이 있었다. 그들은 유라시아의 광활한 초원에서 살았던 칭기즈칸과 몽골 사람들이었다. 칭기즈칸 시대에 정복한 땅은 알렉산더 대왕과 나폴레옹과 히틀러, 이들 세 정복자가 차지한 땅을 합친 것보다 훨씬 넓었다. 그들의 성공 비결은 바로 '꿈'이었다. 그들은 한 사람이 꿈을 꾸면 꿈으로 끝날지 모르지만, 여러 사람이 함께 꿈을 꾸면 현실이 될 수 있다는 굳은 신념을 지니고 있었다. 우리도 그런 꿈을 꾸어 보자.

미술관을 나서니 저 멀리 관악산에서 차가운 바람이 쌩쌩 불어온다. 잿빛 하늘은 어느새 푸른색으로 변했고 흰 구름이 떠다니고 있다. 나뭇가지에 앉아 있던 산까치 한 마리가 짧은 울음소리를 내면서 숲 속으로 날아간다. (2005)

독일제 만년필

비가 촉촉이 내린다. 우산을 펼쳐 든다. 서울 충무로 대한극장 앞 인쇄 골목길을 걷는다. 잉크 냄새가 짙게 깔려 있다. 그 냄새는 옛날 국민학교 시절 학년 초에 나누어 주던 새 교과서 냄새와 꼭 같다. 오토바이를 개조한 짐차가 종이를 가득 싣고 쌩쌩 달린다.

난 이곳에서 가장 오래된 아파트를 찾아가는 중이다. 그 높은 층에는 오늘 만나기로 약속한 할아버지가 살고 있다. 작은 엘리베이터는 마치 깊은 우물 속 두레박 같았다. 13층까지 천천히 끌어올려졌다. 벨을 누르자 할아버지가 이북 사투리로 반갑게 맞아 주신다. 방 안은 전기를 켜지 않아 어두컴컴하다. 할아버지는 얼마 전에 삼청동에서 이곳으로 이사를 왔다. 아직 풀지 않은 짐도 있어 어수선했다. 북쪽 창문으로 멀리 북악산이 내려다보인다.

나는 얼마 전부터 인터넷을 통해 독일제 Geha 만년필을 찾고 있었다. 그 만년필에는 애틋한 추억이 담겨 있다. 벌써 40여

년 전 일이다. 간호사였던 친척 누나가 돈을 벌기 위해 독일로 떠났다. 나를 무척이나 아꼈던 누나는 열심히 공부해서 독일로 꼭 유학 오라고 했다. 그 다음 해에 누나는 긴 편지와 함께 만년필을 보내왔다. 만년필 뚜껑에는 Geha라고 새겨져 있었다. 그 만년필은 까까머리 중학생이 처음으로 갖는 외제 만년필이었다. 방패 같은 오각형 촉에서는 환상적인 푸른색 잉크가 흘러나왔다. 그 잉크가 '로열 블루'라는 것을 오랜 시간이 흐른 뒤에야 알았다. 독일로 유학 가기 위해 그 만년필로 정말 열심히 공부했다. 그 후로 세월이 많이 흘렀다. 불현듯 Geha 만년필을 찾고 싶어졌다. 독일 유학의 꿈이 담긴 그 추억의 만년필을 찾으려고 인터넷을 여기저기 뒤졌다. 그러다가 어느 블로그에서 Geha 만년필을 만날 수 있었다. 그 순간 얼마나 반갑던지. 오늘 그 블로그 주인인 할아버지를 만나러 충무로로 온 것이다.

북쪽 작은 방에는 갖가지 만년필들이 수북이 쌓여 있었다. 나는 그곳에서 희귀한 만년필들을 많이 만날 수 있었다. 낡은 상자 속에 들어 있는 만년필을 하나씩 꺼냈다. 그리고는 밝은 창가로 가져가서는 색깔과 모양을 살폈다. 얼마나 멋지고 아름답던지 모두가 예술품이었다. 그리스 파르테논 신전 기둥 같은 만년필, 지중해 코발트 빛 몸통을 가진 만년필, 중국 황제의 은장도 같은 만년필, 로마황제 왕관을 닮은 만년필, 작은 목관악기처럼 생긴 만년필 등등. 마치 타임머신을 타고 20세기 전반기로 날아온 듯했다. 어떤 이유로 이렇게 멋진 만년필들을 수집했는지 궁금했다. 할아버지는 만년필에 대한 책을 쓰려고 출판사와 약속을 했었다고 한다. 그러고는 오랫동안 세계 곳곳을 다니며 갖가지 만년필을 사 모았다. 사료 가치가 있는 것들이라 구하기도 힘들었고 비용도 엄청났다. 그런데 그만 출판사가 부도나고 말았다. 결국 책 출판의 꿈을 접을 수밖에 없게 되었고, 그동안 수집한 만년필들을 어쩔 수 없이 분양하게 되었다는 것이다.

할아버지는 Geha 만년필 상자를 내 앞에 내놓았다. 나는 두근거리는 마음으로 뚜껑을 열었다. 그런데 그 만년필이 아니었다. 40여 년 전 독일 유학의 꿈을 꾸게 해준 육중한 모양의 만년필이 아니라, 그냥 가벼운 청바지 차림의 만년필이었다. 난 크게 실망하였다. 어렵게 찾아간 그곳을 그냥 나오기가 너무 서운하여 비싸지 않은 만년필 한 자루를 고르기로 했다. 명품 만년필은 워낙 고가라 살 수 없었다. 이것저것 포장을 열어 보다가 마음에 쏙 드는 만년필 한 자루를 발견했다. 마치 검정색 실크 정장 한 벌을 잘 차려입고 나를 만나러 나온 만년필 같았다. 이태리제 Montegrappa cortina 중고 만년필이었다. 할아버지의 설명에 따르면 이 만년필은 오래 전에 미국에서 구입했는데 1950년대 이전에 만들어진 것이라 했다. 뚜껑을 열어 보니 노란색 페촉이 나를 보고 '방긋' 웃는다. Geha 만년필에 대한 서운한 생각이 가실 정도로 모양, 색깔, 디자인 모두가 마음에 들었다.

거실로 나왔다. 그곳 역시 할아버지가 수집한 물건들로 가득 찼다. 세계 각국의 등대 모형이 곳곳에 있고, 책을 세워 놓는 북엔드, 코발트빛 그릇들, 그리고 종이를 눌러 놓는 문진(文鎭)들이 있었다. 그중에서 가장 먼저 관심이 간 것은 문진이었다. 증기기관차 모형의 문진이 있었다. 강철로 만들어져 묵직했다. 손때가 까맣게 묻은 것으로 보아 무척이나 오래된 것 같았다. 혹시 미국 개척 시대 때의 증기기관차를 녹여 만든 것이 아닐까라는 생각이 들었다. 책상 위에 놓으면 하얀 연기와 함께 기적 소리를 내며 달릴 것 같다. 그 순간 막혔던 생각이 터지며 글이 술술 써진다. 그런 상상까지 들 정도로 재밌는 문진이었다. 그리고 강아지 문진이 있었는데, 긴 귀가 땅에 닿을 정도로 고개를 잔뜩 숙이고 있었다. 뭔가 골똘히 생각하는 모습이 나와 닮아 이 역시 책상 위에 놓고 쓰고 싶었다. 그런데 지갑을 열어 보니 돈이 없었다. 조금 전에 있는 돈을 다 털어 만년필 값을 지불했기 때문이다.

문진 옆에는 두 세트의 북엔드가 있었다. 한 세트는 단테와 베아트리체의 모습이 구리로 조각되어 있었다. 사물을 꿰뚫어 보는 듯 날카로운 표정의 단테와 그가 영원히 사랑한 여인 베아트리체가 무척이나 섬세하고 아름답게 조각되어 있었다. 다른 세트는 '마지막 인디언'이라는 제목을 가진 북엔드인데 인디언과 말이 구리로 조각되어 있다. 말을 타고 먼 거리를 달려 마지막 우편물까지 배달을 마친, 지칠 대로 지친 인디언의 모습이었다. 인디언은 고개를 깊이 숙였고, 그가 탄 말도 고개를 깊이 숙였다. 모든 것을 다 내려놓은 마지막 인디언의 모습 같았다. 그 고개 숙인 처절한 모습이 많은 것을 생각하게 만들었다. 이렇게 생생한 조각의 북엔드가 놀랍기만 하다. '혹시 미국 현대미술관에 있어야 할 예술 작품이 이곳 할아버지 방에 잘못 들어와 있는 것이 아닌가?'라는 생각이 들 정도였다. 북엔드 역시 구경만 했다.

아파트를 내려와 다시 우산을 펼쳐 들고 골목길을 걷는다. 갑자기 '인연'이라는 단어가 떠오른다. 모든 것은 인연이 닿으면 내게 오고, 인연이 끝나면 멀어진다. 물건이나 사람이나 마찬가지이다. 귀한 것을 손에 넣었을 때의 기쁨은 잠깐이다. 그것을 손에서 놓게 될 때가 반드시 온다. 기쁨은 슬픔과 함께 왔다가, 함께 간다. 이런저런 생각을 하며 집으로 돌아와 책상 서랍을 여니 그동안 수집한 만년필이 열 자루 넘게 나온다. 그런데 오늘 또 한 자루의 만년필을 사다니……. 난 언제쯤 '무소유'를 실천할 수 있을까. (2013)

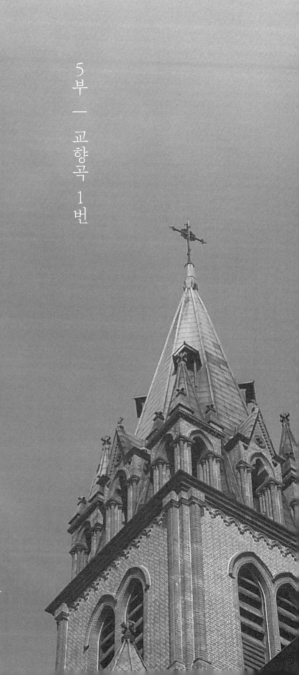

5부 — 교향곡 1번

이국 소녀 이야기

가을비가 하루 종일 내린다. 스탠드를 켠다. 백열전구의 붉은 불빛이 포근하다. 이런 날은 그리그의 음악을 듣는 것이 제격이다. 〈페르 귄트 모음곡〉을 찾아 플레이어에 넣는다. 잉글리시 체임버 오케스트라가 연주한 곡이 흐른다. 플루트의 나지막한 소리가 마치 계곡에서 흐르는 맑은 물소리 같다. 그 소리를 따라가다가 문득 이국 소녀의 얼굴이 떠오른다.

중학교 1학년 때였다. 펜팔이 유행이었다. 당시 청소년들에게 인기가 많았던 잡지 《학원》에 펜팔 코너가 있었다. 나도 펜팔을 하고 싶었다. 신간을 구입해야지만 최신 정보를 얻을 수 있는데, 새 책을 살 만한 용돈이 없었다. 그래서 헌책방을 찾았다. 겉장이 낡은 잡지 한 권을 샀다. 두근거리는 마음으로 펼쳤다. 펜팔 코너에는 미국을 비롯해서 영국, 프랑스, 독일, 이탈리아, 덴마크, 네덜란드 등의 주소가 빼곡히 적혀 있었다.

그때 나는 저 먼 나라 '노르웨이'를 갑자기 떠올렸다. 지리부도에서만 보았던 스칸디나비아반도 끝에 있는 노르웨이가 생각났던 것이다. 잡지에는 노르웨이 주소는 없었다. 나는 해외 펜팔을 주선하는 곳으로 노르웨이 소녀와 펜팔을 하고 싶다는 편지를 보냈다. 많은 시간이 흘렀다. 펜팔을 신청한 것조차 잊을 즈음에야 답장이 왔다. 노르웨이 주소가 온 것이다. 잡지사에서 노르웨이로 연락하여 한국 소년과 펜팔을 원하는 소녀를 찾느라 그렇게 늦어졌다는 것이었다.

나는 당장 문방구로 달려갔다. 항공 봉투와 편지지를 샀다. 봉투는 무척 예뻤다. 빨간색과 파란색의 사선 무늬가 가장자리에 그려져 있었고, 'AIR MAIL'이라는 글자도 새겨져 있었다. 그리고 편지지는 '트레이싱 페이퍼'라는 얇은 기름종이였는데 주로 타자 칠 때 사용하는 종이였다. 파이롯트 만년필에 파란색 잉크를 넣고 편지를 썼다. 글자도 필기체가 아닌 인쇄체로 또박또박 썼다. 보내는 사람 주소 끝에는 'South Korea'를, 받는 사람 주소 끝에는 'Norway'를 큼지막하게 썼다. 사진도 동봉했다. 빡빡머리에 검정색 교복을 입은 앳된 중학생이 눈을 동그란 뜨고 있는 흑백 증명사진이었다.

답장이 오기를 손꼽아 기다리며 몇 달이 흘렀다. 어느 날, 학교를 다녀왔더니 책상 위에 하늘색 항공 봉투가 놓여 있었다. 드디어 노르웨이로부터 편지가 온 것이다. 주소에는 'Bergen'이라고 적혀 있었다. 오슬로는 들어 보았어도 베르겐은 처음이었다. 그때부터 베르겐은 나에겐 환상의 노시가 되었다. 지금도 '베르겐' 하면 가슴이 설렌다. 봉투 속에는 필기체로 곱게 쓴 영문 편지 한 통과 사진 한 장, 그리고 작은 명함이 들어 있었다. 편지는 아시아 동쪽 끝 '코리아'란 나라의 소년과 펜팔을 하게 되어 무척 기쁘다는 내용과 함께 세계지도를 펼쳐 코리아를 처음으로 찾아보았다는 글도 적혀 있었다. 사진 속의 소녀는 내가 상상했던 이국 소녀의 모습 그대로였다. 노랑머리에 빨간 옷을 걸치고 예쁘게 미소 짓고 있는 모습이었다. 분홍색 작은 명함에는 소녀의 이름인 'Jove Matthiessen'이 새겨져 있었다.

이렇게 이국 소녀와의 펜팔이 시작되었다. 편지는 항공 우편이었음에도 불구하고 가는 데 한 달, 오는 데 한 달이 걸렸다. 1년에 서너 차례 편지를 주고받았다. 한번은 소녀가 베르겐 모습을 찍은 그림엽서를 보내왔다. 엽서 속에는 예쁜 뾰족지붕의 집들이 가득 들어 있었다. 소녀는 글 속에서 말했다. "이 속에 있는 우리 집을 찾아보렴." 그런데 힌트를 주지 않아 결국 찾지 못했다. 왜 소녀는 자기 집을 찾아보라고 했던 걸까?

또 언젠가는 흑백 사진이 든 편지를 보내왔다. 사진 속의 꼬마는 소녀의 네 살 때 모습이었다. 소녀의 아버지는 긴 가죽장화를 신고 일하고 있었으며, 꼬마는 아빠 곁에서 귀엽게 웃고 있었다. 자기 아빠라며 보내온 사진이었다. 나도 부모님과 함께 찍은 흑백 사진을 보내 주었다. 우리 가족사진은 무표정이었다. 다들 똑바로 서서 카메라를 바라보는 딱딱한 사진이었다. 소녀는 그 사진을 어떻게 느꼈을까. 아마 그것이 마지막 편지였을 것이다. 나는 중학교 3학년이 되면서 고교 입시를 준비하기 시작했다. 대학입학시험처럼 열심히 공부해야지만 원하는 고등학교에 들어갈 수 있었던 시절이었다. 그런 중에 우리집은 두 번씩이나 이사를 했다. 이국 소녀는 그렇게 잊혀졌다.

얼마 전 텔레비전 프로그램에서 베르겐이 방영된 적이 있었다. 텔레비전을 켜기 전부터 가슴이 설렜다. 기자는 인천공항에서 네덜란드 암스테르담을 거쳐 노르웨이 베르센에 도착하였다. 나는 '혹시 소녀를 만날 수 있을까?'라는 막연한 환상을 갖고 새벽에 혼자 일어나 텔레비전 앞에 앉았다. 그림엽서 속에서 보았던 집들이 화면을 스쳐 지나갔다. 혹시 지나가는 행인들 가운데 그 소녀가 있지 않을까 살폈다. 물론 소녀는 화면 속에 없었고, 소녀가 살던 베르겐의 분위기만 느낄 수 있었다. 기자는 베르겐에서 태어났고 그곳에서 세상을 떠난 음악가 그리그의 집을 찾아갔다. 그리그는 노르웨이를 무척이나 사랑했다. 노르웨이의 산과 바다, 하늘과 강을 음악 속에 서정적으로 담아냈다. 그는 외따로 떨어진 통나무집에서 고독하게 살았고, "피오르가 내려다보이는 곳에 묻어 달라."는 유언을 남겼다. 내가 찾던 소녀는 그리그, 피오르와 함께 내 환상 속에서 더욱 커지고 있었다.

지난여름, 전국교무처장협의회에서 북유럽으로 연수를 떠난다는 공문이 왔다. 일정에는 노르웨이 베르겐이 들어가 있었다. 또한 피오르 유람도 포함되어 있었다. 나는 '정말' 가고 싶었다. 꿈속에서 그려 왔던 그 이국 소녀의 도시 베르겐! 그곳을 갈 수 있는 기회가 온 것이다. 그러나 결재를 올릴 수가 없었다. 여행 일정이 대학 탐방보다는 관광 위주로 짜여 있었기 때문이었다. 학생들이 낸 등록금으로 관광을 간다는 것이 내키지 않았다. 내년 여름이면 보직이 끝난다. 그때 평교수가 되어 자유롭게 베르겐을 찾겠다고 결심했다.

어제는 야후에 'Jove Matthiessen'을 입력해 보았다. 내용이 전혀 뜨질 않았다. 없을 것이라는 것을 알면서도 입력해 본 것이다. 그 소녀도 이젠 오십 대가 되었으리라. 혹시 나처럼 사우스 코리아의 그 빡빡머리 소년을 생각하고 있지는 않을까. 시인 윤동주가 어릴 때 같이 공부했던 '패경옥'을 그의 시에서 그리워했듯이, 나도 그 이국 소녀가 그립다. 플레이어에서 〈솔베이지의 노래〉가 흘러나온다. (2011)

메밀과 효석

강원도 평창으로 연수를 다녀왔다. 동식물 성장에 가장 적합하다는 '해피 7백 미터'에서 이루어진 연수라 쌓인 피로가 말끔히 가신 듯했다. 연수를 끝내고 봉평으로 향했다. 날이 더워 시원한 메밀국수가 생각나기도 했지만, 그보다 봉평은 이효석의 생가가 있고, 그의 대표작인 〈메밀꽃 필 무렵〉의 배경이 된 곳이었기에 꼭 찾아보고 싶었다. 감수성이 예민했던 까까머리 시절 국어 시간에 이 작품을 처음 읽고는 '숨 막히는' 감동을 받았다. 특히 "산허리는 온통 메밀밭이어서 피기 시작한 꽃이 소금을 뿌린 듯이 흐뭇한 달빛에 숨이 막혀 하얗다."라는 대목은 아직도 내 가슴속에 살아 숨 쉬고 있다.

봉평 가는 길은 온통 메밀 집으로 가득하였다. 밭에는 메밀꽃이 하얗게 피기 시작하였다. 길가 황토 초가집에서 메밀국수 한 그릇을 들었다. 주인 말이 봉평 메밀은 없어서 못 판다고 한다. 메밀 농사를 짓기만 하면 다 돈이 된다는 것이나. 사실 메밀은 예전에 먹을 것이 없었던 산간 마을에서 목숨을 연

5부

명하기 위해 심었던 곡식이었으나, 이젠 황금알을 낳는 작물이 되었다. 평창은 '효석'으로 가득 차 있었다. 먹거리뿐만 아니라 볼거리까지도 전부 효석과 연결되어 있었다. 효석 생가, 효석 문학관, 효석 문학제, 메밀꽃 축제 등등. 이쯤 되면 "효석이 평창을 먹여 살리고 있다."고 해도 지나친 말은 아니다.

세계적인 음악가 모차르트가 태어난 잘츠부르크도 마찬가지다. 모차르트 탄생 250주년을 맞이하여 오스트리아는 이를 대대적으로 선전하였다. 2천억 원을 들여 꾸며 놓았더니 전 세계 관광객들이 물밀듯이 모여들었다. 모차르트 이름을 단 상품들이 날개 돋친 듯 팔려 나갔다. 모차르트로 인해 발생한 수익을 화폐 가치로 따지면 수천억 원이 된다고 한다. 모차르트는 잘츠부르크뿐만 아니라 오스트리아까지도 먹여 살리고 있는 것이다. 이탈리아 피렌체도 마찬가지다. 르네상스 시대를 열었던 위대한 예술가 미켈란젤로를 보러 세계 각국에서 사람들이 찾아온다. 그들이 뿌리고 가는 돈 역시 천문학적이다. 예전에 미국 남부로 출장을 가다가 비행기를 갈아타려고 멤피스 공항에 들른 적이 있었다. 공항 내 모든 상가는 '엘비스 프레슬리' 일색이었다. 프레슬리와 관련된 상품이 왜 이렇게나 많은지 무척 의아했는데, 나중에 멤피스가 프레슬리의 고향이라는 것을 알고는 그 궁금증이 풀렸다. 거대 도시를 가수 한사람이 먹여 살리고 있는 것이다. 세계적인 예술가를 배출한 도시를 찾아가 보면 예술가로 도배되어 있다. 태어난 집, 살던 집, 다니던 학

교, 작품 쓰던 곳, 공연하던 곳, 그림 그리던 곳, 시내 곳곳의 동상들, 갖가지 기념품들…….

　우리나라도 본격적인 지방화 시대를 맞아 제각기 문화예술 도시를 꿈꾸고 있다. 아직은 시작에 불과하다. 그래도 만해마을, 소나기 마을, 상록수역, 김유정역 등 예술가와 작품의 이름을 딴 지명도 나오고 있다. 이젠 우리도 예술가를 국가적 문화 상품으로 개발할 필요가 있다. 우륵, 단원, 겸재, 오원, 추사 등의 옛 예술가뿐만 아니라 춘원, 육당, 난파, 미당, 동랑, 청마 등 근현대 예술가들도 문화적으로 살려 내야 한다. 삼성그룹 이건희 회장이 "천재 한 사람이 수십만 명을 먹여 살린다."라는 말을 한 적이 있다. 그 천재는 분명 예술가가 될 수 있다. 예술가는 참으로 위대하다. 자기 고향 사람은 물론 국가와 민족을 대대로 먹여 살릴 수 있기 때문이다. 봉평에서 메밀국수 한 그릇을 비우면서 한 예술가의 위대함을 절절히 느낀다. (2006)

교향곡 1번

번스타인이 지휘한 〈말러 교향곡 1번〉 음반을 구하려고 서울 회현 지하상가를 찾았다. 시내 매장에는 다른 지휘자의 곡은 많았으나 번스타인이 지휘한 곡은 없어, 혹시 이곳에는 있을까 하고 찾아온 것이다. 젊었을 때는 모차르트 곡이 꽤나 좋았다. 밝고 경쾌한 리듬이 좋았다. 그런데 나이가 조금씩 들어가면서 베토벤 곡의 웅장함에 빠지기 시작했다. 그래서 〈영웅〉을 비롯한 〈운명〉, 〈전원〉, 〈합창〉 등의 교향곡을 꽤나 모았다. 이제 쉰을 넘긴 나이에 어렵다는 말러의 곡이 좋아지기 시작했다. 말러의 곡을 들으면 심오한 인생을 들려주는 듯하다.

회현 지하상가에는 적지 않은 중고 음반 가게들이 들어서 있다. 오래된 팝송 LP판부터 시작해서 최신 클래식 CD까지 수두룩하다. 시내 가게에서는 도저히 구할 수 없는 희귀 음반도 이곳에선 종종 구할 수 있어, 음악 마니아들의 발길이 끊이질 않는다.

지하상가 한 가게 앞에 어떤 노인이 작은 앉은뱅이 의자에 앉은 채 등을 잔뜩 구부리고는 무엇인가 열심히 찾고 있었다. 너무나 열심히 찾는 모습에 호기심이 생겨 가까이 다가갔다. 클래식 CD가 가득 들어 있는 박스에 머리를 거의 집어넣다시피 찾고 있었다. 박스는 무려 일곱 개나 되었다. 음반들이 마구 섞여 있는 박스라 시간을 갖고 정성껏 찾지 않으면 찾으려는 음반이 절대 눈에 들어오질 않는다. 바닥에 주저앉아 차분히 찾아야지만 찾아진다. 이곳의 '묘한 법칙'이다.

나도 고개를 박스에 파묻은 채 〈말러 교향곡 1번〉을 열심히 찾았다. 그러다가 갑자기 "찾았다!"라는 소리가 들렸다. 마치 심마니들이 그토록 애타게 찾던 산삼을 찾았을 때 "심봤다!"라고 외치는 것과 정말 똑같았다. 노인이 높이 쳐든 손에는 프랑스가 자랑하는 세계적 지휘자인 샤를르 뮌쉬가 생애의 마지막 해인 1968년에 파리관현악단을 데리고 브람스 교향곡 1번을 지휘한 음반이 들려 있었다. 이 음반은 EMI가 창립 100주년을 기념하기 위해 만든 것으로, 100년 동안 음악 애호가들로부터 꾸준한 사랑을 받아 온 최고의 곡을 담은 음반이었다. 뮌쉬가 이룩한 마지막 예술혼의 결정체이며, 그의 고고한 인간 정신이 담긴 명음반이었다. 노인은 이 음반을 무려 3개월 동안 찾아다녔다고 한다. 오늘 드디어 발견한 것이다. 지금도 어린 애마냥 기뻐하던 노인의 모습이 떠오른다.

이곳에서 귀한 음반이 종종 발견되는 것은 방송국 클래식 프로그램 프로듀서로 근무하던 사람이 갑자기 이민을 간다고 집

에 있는 음반을 몽땅 들고 나오기도 하고, 외국인들이 한국 근무를 마치고 귀국할 때 갖고 있던 음반을 몽땅 처분하려고 갖고 나오기 때문이다. 또한 가게 주인이 직접 외국에 나가 중고 음반 가게를 뒤져 가며 최고의 클래식 음반들을 사들여 오기도 한다. 그래서 국내에서는 도저히 구할 수 없는 명음반을 만날 수 있고, 음질이 뛰어나다는 프로모션용 음반도 만날 수 있다.

나는 모든 박스를 샅샅이 뒤졌는데도 끝내 〈말러 교향곡 1번〉은 찾질 못했다. 아무래도 저 노인과 같이 3개월은 정성껏 찾아다녀야 할 것 같다. 그 대신 귀한 음반 하나를 구했다. 이미 고인이 된 로스트로포비치의 70회 생일을 기념하기 위해 EMI 프랑스가 제작한 음반이다. 1957년부터 1977년까지 로스트로포비치가 연주한 주옥같은 곡을 엄선해서 만든 음반인데, 바흐부터 쇼스타코비치까지 첼로 명곡이 다 담겨 있다. 첼로를 공부하고 있는 딸아이에게 줄 요량으로 샀다. 물론 이 음반도 시중에선 쉽게 구할 수 없는 귀한 음반이다. 오늘 퇴근길에 중고 음반 가게에 한번 들러 보자. 어쩌면 그렇게 찾고자 했던 귀한 음반을 발견하는 기쁨을 누릴 수 있으리라. (2008)

금팔찌

나는 매일 아침 운동을 한다. 일어나자마자 냉장고에서 차가
운 물을 한 잔 꺼내 마시고는 밖으로 뛰쳐나간다. 제일 먼저 아
파트 공터에서 맨손 체조를 한다. 그러고는 초등학교와 중학교
사이에 나 있는 상수리나무 숲길을 따라 달린다. 그러면 안양
천의 지류인 학의천에 다다른다. 그곳에는 갖가지 운동기구들
이 놓여 있다. 이 기구, 저 기구로 운동하다가, 마지막에는 등
에서 땀이 흐를 정도로 약 100번 정도 윗몸 일으키기를 한다.
그러곤 곧게 뻗은 냇가를 숨이 차도록 달린다.

그 날도 숲길을 따라 달려 학의천에 이르렀다. 윗몸 일으키
기 운동을 하려고 기구 앞으로 다가갔더니 땅바닥에 번쩍거리
는 것이 눈에 띄었다. 금팔찌였다. 놀란 가슴으로 금팔찌를 집
어 들었다. 대단히 묵직하였다. 열 돈은 충분히 될 듯했다. 심
장이 방망이질 치기 시작했다. 이른 아침이라 주변에는 아무도
없었다. 금팔찌를 잃어버린 사람은 나처럼 윗몸 일으키기 운
동을 하다가 쭉 뻗은 손목에서 팔찌가 자기도 모르게 빠져 나

갔을 것이다. '누가 이런 귀중품을 잃어버린 것일까. 혹시 자식들로부터 받은 기념 선물은 아닐까. 그 잃어버린 사람은 얼마나 가슴이 아플까. 혹시 이곳으로 오지 않을까. 그렇다면 이 자리에 그냥 놓아두어야 하는데. 그러다가 다른 사람이 주워 가면 또 어떡하지. 파출소에 가서 신고를 할까.' 등등 생각이 무척 복잡해지기 시작했다. 금팔찌를 자세히 살펴보니 글자가 새겨져 있었다. 아라비아 숫자가 적혀 있는 듯했으나 글자가 너무 작아 보이질 않았다. 아침 운동을 하고픈 마음이 싹 사라졌다. 금팔찌를 주머니 속에 조심스럽게 넣고는 집으로 급히 돌아왔다.

내 방으로 들어서자마자 돋보기를 찾았다. 돋보기로 금팔찌에 새겨진 글자들을 들여다보니 '18K'라고 써져 있었다. 진짜 금팔찌였다. 무게가 열 돈이라면 백만 원은 족히 될 것이다. 돈으로 환산해 보니 가슴이 더욱 뛰었다. 아침밥을 먹으면서 아내와 딸에게 금팔찌를 보여주었다. 크게 놀랐다. 줍게 된 사연을 설명하였고 어떻게 처리하면 좋을지 의논했다. "금팔찌 있어도 살고, 없어도 사니 욕심 버리고 빨리 파출소에 신고하자. 만약 잃어버린 사람이 파출소를 찾아가지 않으면 어떻게 되나. 주웠던 장소에 '귀중품을 보관하고 있으니 연락 바랍니다. 휴대전화 ○○○-○○○○-○○○○'라고 종이에 써 붙이자. 그러면 이를 보고 연락할 것 아니냐. 여러 사람이 자기 것이라고 전화하면 그때는 어떻게 할 것이냐. 매우 복잡한 상황이 벌어질 것이다. 불우 이웃을 돕는 시설이나 기관에 금팔찌를 그대로 내놓으면 어떨까. 그러면 주운 물건을 마치 자기 것처럼 내놓는 것이 되니 그것은 옳지 않다." 등등 많은 의견이 나왔다. 확실한 처리 방법이 나오지 않아 일단 내 서랍에 넣어 두었다.

이튿날도 그 길을 따라 달렸다. 금팔찌를 주운 곳에 다다르자 주변을 유심히 살폈다. 혹시 잃어버린 금팔찌를 찾으려고 두리번거리는 사람이 있는지, 아니면 금팔찌를 찾는다는 쪽지가 붙어 있지나 않은지. 그래서 여기저기를 살폈다. 그러나 사람도, 쪽지도 보이질 않았다. 며칠 동안 그 시간에 그곳을 서성이며 지나가는 사람들의 표정까지 살폈다. 속상해하는 표정을 짓는 사람이 있으면 곧바로 달려가 사연을 묻고는 맞으면 금팔찌를 돌려줄 생각이었다. 그런데 그런 표정을 짓는 사람은 하나도 없었다.

일주일 정도 시간이 흘렀다. 서랍 속에 넣어둔 금팔찌를 꺼냈다. 여전히 찬란한 금빛을 띠고 있었다. 무게도 더욱 무거워진 듯했다. 언제까지나 금팔찌를 갖고 있을 수만은 없었다. 처분할 결심을 하였다. 금팔찌를 팔아서 가톨릭 평화신문에 소개된 불우한 이웃을 위해 전액 기부할 결심을 하였다. 동네 금은방으로 가져갔다. 금 시세를 물었더니 팔려는 것인지 사려는 것인지 되물었다. 팔려는 것이라 했더니 제일 비싼 값으로 살 터이니 어디 보자는 것이었다. 신분증도 함께 요구했다. 왜 신분증이 필요한지 이유를 물었더니 법에 규정되어 있기 때문이라는 것이었다. 금을 사갈 때는 신분증이 필요 없으나, 금을 팔 때는 반드시 신분증을 제시하고 내용을 기록해야 한다는 것이었다. '도둑질한 물건'이 아님을 증명하기 위해서라는 것이었다. 신분증 이야기를 하기에 '그냥' 나와 버렸다.

며칠이 지난 후, 혹시 다른 지역 금은방에서는 신분증 없이도 금팔찌를 처분할 수 있을 지도 모른다는 생각이 들었다. 그래서 직장 근처의 금은방으로 금팔찌를 가져갔다. 우리 동네 금은방보다 더 많은 액수의 돈을 쳐주기로 하였다. 그런데 그곳 역시 신분증을 요구했다. 이를 탐탁하지 않게 여기자 주인 아주머니는 동그란 눈으로 내 얼굴을 빤히 쳐다보면서 그러면 주민등록번호와 이름만 대라는 것이었다. 한참 동안 망설이다가 그냥 나와 버렸다. 그 주변의 다른 금은방을 다녀 보아도 마찬가지였다. 비록 금팔찌를 팔아 좋은 일에 쓴다 하더라도 내 신분이 노출되는 것이 싫었다. 나중에 금팔찌를 잃어버린 사람이 이를 되찾게 되면 내 신분이 밝혀질 것이고 경찰은 조사에서 "왜 그 즉시 파출소로 신고하지 않았느냐?"며 나를 질책할 것이다. 그러면 나는 매우 복잡한 상황에 휩싸이게 될 것이다. 그래서 신분 노출이 싫었던 것이다.

또 한 달이 흘러갔다. 이젠 더 이상 부담이 되어 금팔찌를 갖고 있을 수가 없었다. 파출소에 가져가기에도 시간이 너무 흘렀다. 처분하는 수밖에는 없었다. 금팔찌와 함께 신분증도 챙겼다. 금은방에서 신분증을 요구하면 '즉각' 내놓기로 마음먹었다. 옷도 단정하게 입었다. 혹시 금은방 주인이 도둑질한 물건으로 오해할 수도 있었기 때문이었다. 전화 문의하거나 방문한 적이 '전혀' 없는 새로운 금은방을 찾아갔다. 두근거리는 마음으로 문을 열고 들어섰다. 손님은 아무도 없었고 주인과 종업원뿐이었다. 주머니에서 금팔찌를 조심스럽게 꺼냈다. 금값을 잘 쳐달라는 말과 함께 신분증도 제시하였다. 주인은 금팔찌를 손에 올려놓고 만져 보더니 금방 "금이 아닙니다!"라는 것이었다. 나는 깜짝 놀라서 물었다. "18K라고 새겨져 있는데요.", "요즘에는 쇠 팔찌를 금처럼 도금한 후 18K라고 새겨서 선물합니다." 아! 이 금팔찌 때문에 그동안 얼마나 마음고생을 많이 했는데 가짜라니! 나는 참으로 기기 막히고 어처구니가 없었다. 금은방 주인으로부터 가짜 금팔찌를 건네받으면서 무척 민망스러웠다. 문을 열고 밖으로 나오자 웃음이 터져 나왔다. 마구 웃었다. 웃을수록 이상하게 가슴이 시원해졌다. 이놈의 금팔찌 때문에 더 이상 마음고생을 안 해도 된다는 생각이 들었기 때문이다. 그날 저녁, 가짜 금팔찌는 아파트 고철 쓰레기통에 사정없이 던져졌다. (2013)

사우나의 다섯 달인

아침에 일어나면 제일 먼저 하는 일이 있다. 현관에 있는 신문을 집안으로 들여오는 일이다. 오늘 아침 신문은 묵직하다. 신문을 펼치니 광고지가 우르르 쏟아진다. 광고지를 살펴보는 일은 즐겁다. 사람들이 살아가는 모습이 생생하게 담겨 있기 때문이다. 비록 세련되지는 않았지만 원색의 색깔과 직설적인 카피에 강한 생명력을 느낀다. 광고지를 한 장, 한 장 들출 때면 마치 재래시장 한복판에 서 있는 듯하다.

새롭게 개업하는 바지락 칼국수집, 토핑이 맛있게 올라간 피자집, 잘생긴 얼굴과 현란한 학력의 강사들로 가득 찬 학원 광고지가 차례로 나온다. 그러다가 양면으로 인쇄된 타블로이드판 광고지를 보고는 눈과 손이 멈췄다. 앞면에는 "이 맛에 간다!!"라고 큰 활자로 카피를 뽑았다. 찜질방에 젊은 남녀가 함께 앉아 계란 한 판을 신나게 까서 먹는 사진도 붙여 놓았다. 눈이 멈춘 것은 바로 뒷장 때문이었다. "찜질방계의 최고 달인이 모였다!"라고 크게 써놓고는 달인 다섯 사람을 차례로 설명하였다. '35년간 오직 신사의 머리만 연구해 오신 이발의 달인 젠틀 김○○ 선생!', '오직 20여 년간 사람의 피로와 근육만을 연구해 오신 스포츠 마사지의 달인 박카스 이○○ 선생!', '오직 20년 동안 세신만을 연구해 오신 세신의 달인 이태리 한○○ 선생!', '30년 동안 수타면만을 연구해 오신 수타의 달인 고○○ 선생!', '30년 동안 구두 광(光)만을 연구해 오신 구두닦이의 달인 오광 김○○ 선생!' 동네 사우나 광고지였다.

사우나 달인들을 보고는 많은 생각이 오고 간다. 국어사전은 달인을 '학문이나 기예 따위에 뛰어난 사람, 사물의 이치에 통달한 사람'이라고 풀이한다. 사우나의 달인들은 머리를 깎아 주는 일, 몸을 마사지하는 일, 등을 밀어 주는 일, 국수를 뽑는 일, 구두를 닦아 주는 일을 자랑스럽게 여기고 있었다. 자신의 직업뿐만 아니라 얼굴과 이름까지도 밝혀 가며 일하는 그 용기에 깊은 감동을 받았다. 이런 달인들에게 '선생'이라는 존칭을 붙여 주는 그 모습도 감동적이었다.

갑자기 장자 이야기가 생각난다. 그 먼 옛날 중국 양혜왕 시대에 백정이 왕을 위해 소를 잡았다. 백정의 칼질 소리에 소의 뼈와 살이 절묘하게 갈려져 나왔다. 손재주가 예술의 수준을 뛰어 넘어 도락(道樂)의 경지까지 이른 것이다. 19년 동안 칼 한 번 갈지 않고 수천 마리의 소를 잡았다. 백정이 왕에게 말한다. "제 눈빛을 한곳에 모으고 지의 손발도 서서히 움직이면서 칼질을 가볍게 해 나가면, 스르르 소의 골육은 조용히 갈라져서 마치 흙덩이가 땅에 떨어지듯 우수수 흩어집니다." 왕은 이에 깊은 감동을 받고는 "나는 드디어 양생하는 법을 체득하였다."라고 고백했다. 사우나의 다섯 달인이 바로 장자 이야기 속의 그 달인을 닮았다는 생각이 들었다.

오래 전에 이런 신문 기사를 읽은 적이 있었다. 대기업 신입 사원 채용 면접장에서 일어난 일이다. 최고 명문 대학 졸업 예정자에게 질문이 오갔다. "아버님 직업은 무엇인가요?", "개인 사업을 하십니다.", "개인 사업이 무엇인지 구체적으로 말하세요." 대답이 없다. 한참 있다가 얼굴이 빨개지며 고개를 푹 숙이고 하는 말이 "택시 기사입니다." 그 순간 면접관은 그 자리에서 벌떡 일어나 불호령을 내렸다. "밤낮없이 힘들게 운전하며 학비를 대주신 아버님의 직업을 자랑스럽게 생각해야지 고개도 못 들 정도로 부끄럽게 여기다니! 그런 썩어 빠진 정신 가진 사람은 우리 회사에선 필요 없어요!" 이렇게 내쫓았다.

지금은 이런 생각이 많이 바뀌었다. 한 드링크제 텔레비전 광고 내용이다. 이른 새벽, 아버지는 청소용 리어카를 끌고 대학생인 큰아들은 뒤에서 밀고 있다. "얘야, 힘들지 않니?", "뭘요, 아버지는 매일 하시는 일이잖아요." 아버지는 자식들에게 구청 공무원이라 했다. 자식들은 그런 줄 알았다. 당시 고교생이던 큰아들이 빗나가기 시작했다. 아무리 타일러도 듣질 않았다. 어느 날, 자식들을 불러 놓고 말하였다. "난 공무원이 아니다. 새벽마다 거리를 청소하는 청소원이다. 이렇게 10년 동안 너희를 키웠다." 그날 밤 식구들은 서로를 부둥켜안고 울었다. 리얼 스토리이다. 큰아들은 광고 촬영 후에 이런 말을 했다. "맡은 일에 최선을 다하시며 땀 흘려 번 돈으로 저희를 키워 주신 아버지를 진심으로 존경합니다."

이 이야기들은 직업은 삶의 한 방편일 뿐이라는 평범한 진리를 깨닫게 해준다. 사람은 누구나 행복하기를 바란다. 그런데 행복은 마음을 어떻게 갖느냐에 달려 있다. 내가 하는 일이 비록 험하고 힘들더라도 '하늘이 내려 준 천직(天職)'이라고 생각하며 그 일에 최선을 다하면 행복은 정말 기적처럼 찾아온다. 사우나의 그 다섯 달인도 분명 기적을 만드는 사람들이다. (2012)

기내식 상자

🍃

    울산에 고래가 수면 위로 솟구치는 것을 형상화한 거대한 예술 작품이 세워졌다. 엄청난 양의 물을 뿜어 올리며 수면 밖으로 솟아오르는 고래의 모습은 그야말로 경이롭다. 울산역 앞에 세워진 이 작품은 길이 34미터, 폭 12미터, 높이 11미터, 무게 18톤의 국내 최대 규모 티타늄 조형물이다. 울산 앞바다에 고래가 돌아오고, 울산이 산업도시에서 생태도시로 나아간다는 도시의 미래를 담고 있다. 이 예술 작품은 울산의 향토 기업인 경남은행이 설치한 것으로, 울산을 대표할 상징물로 오랫동안 큰 몫을 해낼 것 같다. 또한 울산 시민들의 자긍심도 무척 커졌을 것이다. 이렇듯 하나의 예술 작품이 도시 전체의 이미지를 완전히 바꿀 수 있다.

    문화예술 도시란 '문화적 품격'이 잘 갖추어진 도시를 말한다. 문화적 품격에는 하드웨어 문화예술 환경뿐만 아니라 소프트웨어 문화예술 요소도 포함된다. 소프트웨어적 문화예술 요소 가운데 하나인 주민들의 문화예술 소양은 문화예술 도시

형성에 절대적으로 작용한다. 이와 함께 중앙정부를 비롯한 지방정부의 지원과 민간 기업의 역할도 큰 몫을 차지한다. 이러한 요건을 두루 갖추고 있는 대표적인 문화예술 도시가 바로 미국의 로스앤젤레스가 아닐까 싶다.

　로스앤젤레스를 방문하는 사람들은 세계적으로 유명한 게티 미술관을 찾는다. 이 미술관은 산타모니카 산 정상에 모던 그리스 건축물처럼 서 있다. 석유 회사로 막대한 돈을 모은 장 폴 게티는 죽으면서 7억 달러라는 엄청난 돈을 사회에 기부하였다. 그의 뜻에 따라 거대한 규모의 미술관이 만들어졌다. 계획만 세우는 데 5년이나 걸렸고, 공사는 세계적 건축가인 리차드 마이어에게 의뢰하여 거의 10년에 걸쳐 완공됐다. 이 미술관은 고대 그리스와 로마의 예술품을 비롯하여 예술 작품을 4만 점이나 소장하고 있는 것으로 유명하지만, 21세기를 대표하는 아름다운 건축 공간으로도 명성이 높다. 더구나 입장료가 무료라는 사실이 더욱 놀랍다. "문화는 모든 사람들과 향유한다."는 문화 철학을 갖고 운영되는 미술관이기 때문이다. 한 기업가의 유지로 만들어진 미술관이 '할리우드'로 각인된 로스앤젤레스를 격조 높은 문화예술 도시로 만드는 데 크게 기여하고 있다. 또한 시민들에게는 '세계 제일의 문화 시민'이라는 긍지도 심어 주었다.

　이렇게 기업이 도시 전체의 이미지를 사회적 기여를 통해 변화시킬 수도 있지만, 도시에 사는 가난한 예술가들의 창작 활동을 '자랑스럽게' 지원해 줄 수도 있다. 여러 해 전에 호주로 출장을 다녀온 적이 있었다. 시드니에서 비행기를 갈아타고 유서 깊은 문화예술의 도시, 아델라이드로 향했다. 마침 점심시간이라 하얀색 종이 상자의 기내식을 받았다. 기내식을 종이 상자에 담아 먹어 보는 것은 처음이었다. 호기심을 갖고 상자를 열어 보았더니 그 속에는 빨간 사과 한 개, 꿀이 발린 오트밀 과자, 그리고 맑은 생수가 담겨 있었다. 음식을 맛있게 먹고 상자의 이곳저곳을 살펴보았다. 상자 뚜껑에 '굿모닝'이라는 말과 함께 예쁜 미술 작품이 그려져 있었다. 이에 대한 설명이 작은 글자로 적혀 있었는데, 이 그림은 아델라이드에서 활동하는 젊은 예술가인 Marnie Walk의 작품이라는 것이다. 설명의 마지막 줄에는 "우리 항공사는 호주 사회와 호주 문화의 발전을 위해 젊은 예술가들을 자랑스럽게 지원하고 있습니다."라는 짤막한 글이 써 있었다. 문화 선진국은 이렇게 디테일에 강하다. 이런 그림과 글자로 디자인 된 '문화예술 기내식'을 우리나라 비행기에서도 언젠가 맛볼 수 있기를 소망했다.

도시 말고도 작은 섬을 문화예술의 파라다이스로 만든 사례가 있다. 일본의 나오시마(直島)가 대표적인 경우이다. 나오시마는 둘레가 16킬로미터밖에 안 되는 작은 섬으로 오랫동안 산업폐기물이 방치되었던 보잘것없는 섬이었다. 이러한 섬을 한 기업가가 청소년을 위한 교육 시설로 만들기로 결심하면서부터 놀라운 섬으로 개조되었다. 일본의 대표적 교육 기업인 베네세 그룹의 후쿠다케 회장은 '세계 어린이를 위한 국제 캠프장'을 설립하기 위해 1987년 나오시마 섬의 절반을 샀다. 아버지와 아들의 2대에 걸친 노력으로 나오시마는 현대 건축과 현대 미술의 세계적 복합 공간으로 탈바꿈했다. 일본이 낳은 세계적인 건축가인 안도다다오와 손을 잡고 죽음의 섬을 '예술의 섬'으로 완전히 바꾸어 놓은 것이다. 이 작은 섬을 찾아오는 관광객이 한 해에 50만 명이 넘는다고 하니 놀랍기만 하다. 나오시마는 '빨간 호박'이란 조각 작품으로도 유명하다. 이 빨간 호박은 이제 나오시마의 아이콘이 되었다. 보잘것없던 외딴섬이 한 기업가의 대를 잇는 노력으로 세계인의 사랑을 받는 문화예술 공간으로 새롭게 태어난 것이다.

우리나라 기업들도 갖가지 문화 사업을 통해 국가 사회에 기여하고 있다. 동계올림픽처럼 세계적인 축제를 유치해 오기도 하고, 지역사회에서 문화예술 페스티벌을 주최하기도 하고, 예술적 재능이 뛰어난 가난한 청소년들을 대상으로 예술 사업을 추진하기도 한다. 또한 우리 민족의 소중한 유형문화재를 보호하는 문화 사업도 하고, 대학을 세우거나 인수하여 인재를 육성하는 교육 사업에도 참여하고 있다. 이제 기업은 새로운 문화예술 사업에 눈을 돌릴 필요가 있다. 한 기업이 한 도시를 문화예술 도시로 만드는 장기 프로젝트를 시작해 보면 어떨까. 우리나라에는 역사와 문화적 전통이 살아 숨 쉬는 작은 도시들이 많다. 이야기를 함께 나눌 수 있는 '스토리텔링 도시'가

많다는 것이다. 이러한 도시의 주민들 역시 문화적 자긍심이 매우 강하다. 기업 특유의 문화예술적 기(氣)로 스토리텔링 도시와 궁합을 맞추어 보자. 분명히 '찰떡궁합'으로 맞아 떨어지는 기업과 도시가 나올 것이다. (2012)

6부 ― 출가 4박 5일

출가 4박 5일

캄캄한 밤, 세찬 계곡물이 흰 바위에 부딪쳐 사자루 기둥에 하얗게 부서져 흐르던 그 모습이 사무치게 그립다. 유난히 무덥던 어느 해 초여름이었다. 경복궁 근처에 갔다가 불교 서점이 있기에 반갑게 문을 열고 들어섰다. 당시 나는 라즈니쉬가 지은 명상 책을 읽으며 불교의 선(禪)에 심취해 있었다. 학위 논문도 교육학과 선을 접목시켜 쓸 생각을 갖고 있었다.

진열된 책을 살펴보다가 한쪽 코너에 전남 순천 송광사에서 발행한 신문을 발견하였다. 독특한 판형에 활자체도 부드러웠다. 어려운 불교 용어를 쉽게 풀어 쓴 글들이 인상적이었다. 신문을 보다가 하단에 '출가 4박 5일'이라는 글자가 눈에 들어왔다. 출가는 수도자가 되기 위해 입산한다는 의미가 담긴 말인데 4박 5일은 대체 무엇인가. 내용인즉 산사(山寺)에서 스님들과 똑같이 닷새 동안 생활한다는 것이었다. 나는 이런 기회가 누구에게나 오는 것이 아님을 직감했다. '출가해야 한다.'는 결심이 섰다. 집에 오자마자 신청서를 작성하여 송광사로 보냈다.

보름 만에 답장이 왔다. 동참을 허가한다는 합격증이 온 것이다. 무척 기쁜 마음으로 아내에게 알렸다. 아내는 펄쩍 뛰었다. "어떻게 가톨릭 신자가 절에 들어가 불공을 드리냐?"는 것이었다. 절대 반대였다. 아내를 설득하기 시작했다. 우선 학문적인 목적으로 수련회에 참가하는 것임을 분명하게 밝혔다. 적잖은 노력 끝에 결국 아내로부터 허가가 떨어졌다.

짐은 매우 간단히 꾸렸다. 광주 고속버스를 타고 전남 순천에 도착했고, 그곳에서 다시 버스로 송광사까지 들어갔다. 절 근처 식당에서 비빔밥을 배불리 먹고는 일주문(一柱門)을 들어섰다. 종무소는 수련하러 온 사람들로 북적였다. 바구니를 한 개씩 나누어 주었다. 속세에서 가져온 물건들을 집어넣으라는 것이다. 시계를 풀었고, 지갑도 넣었다. 그러고는 곱게 접힌 잿빛 수련복, 깨끗이 닦인 흰 고무신, 큼직한 회색 방석을 받아 들었다. 수련 기간 중에 꼭 지켜야 할 사항이 전달되었다. '절대 침묵'이었다. 이를 어겼을 때는 무조건 '퇴소'였다. 우리가 수련할 곳은 송광사의 천 년 역사가 그대로 간직된 사자루(獅子樓)였다. 조계산 계곡에서 흘러내린 물이 세차게 소리 내며 흐르는 위에 세워진 수련장이었다. 사자처럼 용맹스럽게 정진하라고 붙여진 이름이었다.

본격적인 수련은 새벽부터 시작되었다. 정확히 세시에 도량석 목탁 소리가 울린다. 대웅전에서 스님들과 함께 아침 예불을 드린다. 그리고 아침 공양(供養)을 한다. 공양은 부처님께

6부

음식을 올리고 밥을 먹는 것을 뜻하는데, 이 속엔 깊은 뜻이 담겨 있었다. 공양은 몸을 살찌우기 위해서 먹는 것이 아니라, 불도를 이루기 위해서는 이 육신이 필요하므로 몸을 지탱하기 위한 '약'으로 생각하고 먹는다는 것이다. 오전에는 스님들로부터 강의를 듣는다. 점심 공양을 하고는 오후에는 여섯 시간씩 참선을 한다. 참선은 책상다리를 하고 앉는 결가부좌(結跏趺坐)로 하는데 늘 무릎이 터져 나갈 듯 아팠다. 반가부좌로 약간 변형시켜도 고통스럽기는 마찬가지이다. 점심 직후에는 배도 부르고 마음이 편하니 잠이 무섭게 쏟아진다. 잠이 오면 지도 스님께 합장을 하고 고개를 숙인다. 그러면 죽비(竹篦)로 등을 사정없이 내리친다.

출가 4일째 저녁이었다. '차를 나누며' 시간이다. 엄격하고 고된 수련 과정 중에서 가장 부드러운 시간이다. 출가 4박 5일을 총 책임지고 있는 수련원장께서 등장하셨다. 바로 법정 스님이었다. 꼿꼿한 자세와 군더더기 없는 말씀으로 침묵의 의미를 똑바로 일러 주셨다. 그러곤 입산하여 이제껏 맛보지 못한 단 과일이 가득 든 접시와 맑은 연두색 향을 지닌 작설차(雀舌茶)를 내놓으셨다. 스님께서 "잠시 입을 열라."는 말씀을 하시자 한 명씩 입을 열기 시작했다. 양궁 국가대표 선수들, 가톨릭 고교 선생님들, 시골 병원 의사 부부, 곧 결혼할 남녀, 제일 먼저 신청서를 낸 대만 유학생 등등 차례로 소감을 발표하였다. 어느 아주머니는 나흘째 처음으로 입을 연다며 혀가 잘 돌아가지 않아 웃음을 자아내기도 했다. 웃음이 오가는 가운데 갑자기 전갈이 들어왔다. 사흘 내내 쏟아진 폭우 때문에 계곡물이 불어 식수를 끌어올리던 양수기가 떠내려갔다는 것이다. 젊은 스님들이 칠흑같이 어두운 이 밤에 쏟아지는 비를 맞으며 양수기를 구하러 마을로 내려갔다고 한다. 또 전갈이 들어왔다. 전남 지역에 내린 집중호우로 많은 사람들이 실종되었고, 송광사는 고립되었다고 한다. 표정들이 굳어진다. 이때 계곡에서 휩쓸려 내려온 큰 바위가 사자루 기둥을 사정없이 때렸다. 사자루가 심하게 흔들렸다.

극히 불안한 가운데 철야정진이 시작되었다. 수련생들의 비장한 각오를 눈빛에서 읽을 수 있었다. 하루에 여섯 시간씩 행하던 참선과 아침 예불 시 올리던 108배는 오늘밤 1080배를 드리기 위한 연습에 불과했다. 지도 스님의 목탁 소리에 맞추어 다함께 큰 소리로 "석가모니불!"이라 외치며 절을 하기 시작했다. 무릎이 폭발할 것 같이 아프더니 점점 감각이 없어졌다. 온몸에선 땀이 비 오듯 했다. 속옷과 수련복은 이미 빨래처럼 젖었다. 방석도 이마에서 흘러내린 땀으로 흥건했다. 어떻게 시간이 흘러갔는지 몰랐다. 먼동이 밝아오기 시작했다. 드디어 철야정진이 끝났음을 알리는 목탁 소리가 울렸다. 순간 수련생들은 '그대로' 멈추었다. 그 모습은 마치 무덤에서 막 꺼낸 토우(土偶) 같았다. 그 힘들다는 철야용맹정진을 해낸 것이다. 여기저기서 흐느껴 우는 소리가 들렸다. 울음소리는 점점

커졌다. 내 옆에서 절 하던 장년의 남자도 "엉엉" 소리 내어 울었다. 깊은 참회의 눈물이리라. 그 모습을 바라보던 내 눈에서도 눈물이 흘러내리기 시작했다. 실로 우리는 사자처럼 용맹스럽게 정진했다.

집으로 돌아갈 시간이 왔다. 연일 쏟아지던 비도 멈추었다. 음식을 담아 먹던 발우도 깨끗이 닦았고, 수련복도 고이 접어 반납하였다. 옷을 갈아입고, 시계를 받아 들고, 막상 절을 떠나려 하니 떠나기가 싫었다. 다시 세상 속으로 돌아가는 우리에게 법정 스님은 한 가지 선물을 주셨다. 참선하는 모습을 먹으로 그린 둥근 부채였다. 더위에 잠들어 있지 말고 늘 시원하게 깨어 있으라는 마지막 가르침인 듯했다. 그해 여름, 송광사에서 보낸 4박 5일은 내 생애 결코 잊지 못할 '위대한 출가'였다. (2010)

묵주 이야기

오늘은 이번 학기 '교육학개론' 수업을 종강하는 날이다. 학생들에게 문제지와 답안지를 나누어 준다. 시험 문제는 이미 수업 카페를 통해 일주일 전에 공지되었다. "시작!" 소리와 함께 학생들은 시험지에 답을 부지런히 써내려 간다. 강의실에서는 "사각사각" 하는 소리만 들린다. 난 주머니에서 작은 묵주를 꺼내 기도를 드린다. 그동안 수업을 하면서 학생들에게 상처준 말과 행동에 대해 깊이 반성하며 주님께 용서를 빈다.

그 묵주는 경북 왜관수도원의 수사님이 만든 것이다. 크기는 작지만 무척 단단하게 한 알씩 엮여 있다. 앞면에는 성모자상이 새겨져 있고, 뒷면에는 별이 가득이다. 나는 지난해 여름, 수도원의 렉시오 디비나[聖讀] 입문 과정에 참가하였다. 허성준 가브리엘 수사신부님의 지도로 하느님 말씀을 읽고 묵상하였다. 비록 4박 5일의 짧은 기간이었지만 성경 말씀을 조금이나마 맛 들일 수 있었다. 피정 내내 내가 은총과 축복 속에 살고 있다는 것을 '새롭게' 느꼈다. 그때의 감동을 오랫동안 잊지

않으려고 수도원에서 만든 그 묵주를 간직하게 된 것이다.

내가 묵주를 처음으로 손에 쥐게 된 것은 군복무가 끝나가던 1982년 6월이었다. 겨울 내내 강원도 철원에서 철책을 지켰다. 최전방은 사람의 몸에서 나오는 모든 것을 그 즉시 얼려 버릴 정도로 무척 추웠다. 봄이 되자 부대는 후방으로 이동하였고, 나는 그곳에서 군종신부님으로부터 세례를 받았다. 내게는 천주교에 입교하게 된 '각별한' 사연이 있다. 대학 시절 사랑하던 친구가 있었다. 그 친구는 천주교 신자(마태오)였는데 불의의 사고로 세상을 떠났다. 꿈과 포부가 무척이나 컸던 친구였다. 그 친구도 나처럼 학군단(ROTC) 장교로 임관하여 나라를 지키고 싶어 했다. 사랑하던 친구의 죽음이 계기가 되어 천주교에 입교하게 된 것이다. 친구 어머니께 세례를 받았다는 소식을 알려 드렸다. 잃어버린 친아들마냥 나를 사랑해 주셨던 어머니께서는 세례 축하 선물로 가톨릭 기도서와 작은 묵주를 최전방까지 보내 주셨다. 그때 받은 묵주가 내 생애 최초의 묵주가 되었다. 나는 그 묵주를 몸에 지니고 그 험한 대성산을 오르내렸고, 무사히 군복무를 마칠 수 있었다.

묵주에 대한 또 다른 이야기가 있다. 딸아이가 첼로로 대학을 들어가기 위해 적잖은 시련과 고통을 받았을 때 이야기이다. 대학 입시를 앞둔 모든 부모들이 그렇듯이 우리 가족도 그 시련을 함께 받고 있었다. 고통이 너무 커서 정말 피해 가고 싶었을 때가 참으로 많았다. 매섭게 춥던 그 겨울날, 우리는 성모님께 기도드리기 위해 남양성모성지를 찾았다. 차가운 돌 묵주에 두 손을 얹고는 간절하게 기도를 드렸다. 입에서는 하얀 김이 났다. 묵주 기도를 다 마치고는 성모마리아상으로 가깝게 다가갔다. 어머니 성모님을 꼭 껴안고 있는 어린 예수님의 손등에 내 손을 가만히 얹었다. 그러고는 정말로 간절하게 기도를 드렸다. 눈에서는 뜨거운 눈물이 흘러내렸다.

묵주를 만지면 마치 어머니의 따뜻한 손을 잡는 듯하다. 어머니는 모든 것을 다 들어주시는 분이다. 어머니께 묵주 기도를 드리면 정말 가톨릭 성가 271번(로사리오 기도 드릴 때)처럼 모든 걱정은 사라지고 기쁨이 솟아오른다.

기쁠 때나 슬플 때나 우리 곁에 계시는
성모 마리아여 묵주의 기도 드릴 때에
나를 위로하시며 빛을 밝혀 주시니
모든 걱정 사라지고 희망 솟아오르네
항상 도와주옵소서 인자하신 어머니

묵주는 우리를 절망에서 구해 줄 '희망의 줄'이며, 우리를 죽음에서 이끌어 줄 '생명의 줄'이다. 그래서 교황 비오 12세는 "하느님의 은총을 얻기 위한 가장 좋은 기도 방법은 묵주 기도"라고 말씀하시지 않았던가. (2014)

지혜의 숲

얼마 전 파주출판도시를 방문하였다. 갖가지 모습과 다양한 표정을 짓고 있는 출판사 건물과 문화예술센터를 보고 놀랐다. '건축의 시인'이라 불리는 알바루 시자가 자연 채광을 그대로 살려 설계한 미메시스 갤러리에서 차를 마시면서 책과 건물이 절묘하게 조화된 것을 보고 큰 감동을 받았다. 그러나 정말 놀란 것은 한국출판문화 발전을 위해 작년 6월에 갈대 샛강위에 세워진 아시아출판문화정보센터였다. 1층에 위치한 '지혜의 숲'에 들어갔는데, 출판과 건축이 이렇게 멋있고 아름답게 만날 수 있음에 커다란 감동을 받았다. 그곳 게스트 하우스(紙之鄕)에는 우리나라 대표 작가 17명의 이름이 붙은 방들이 있었다. 박경리, 박완서, 최인훈, 김훈 등. 나는 '박완서의 방'으로 들어갔다. 벽에는 박완서 전집이 진열되어 있고, 작은 유리장 안에는 육필 원고가 보존되어 있었다. 작가의 체취를 충분히 느낄 수 있었다. 멀리 창문 밖으로는 북한의 송악산이 한눈에 들어왔다. 출판도시 한복판에 서서 문화국가의 국민임이 자랑스러웠다.

그런데 그러한 자긍심은 곧 무너지고 말았다. 몇 군데 출판사를 방문하였다. 주차장 마당에는 책들이 산더미처럼 쌓여 이리저리 뒹굴고 있었다. 연유를 물었더니 팔리지 않는 책들로 바로 폐지 공장으로 보낼 것이라고 했다. 출판사에서 적지 않은 시간과 돈, 그리고 온갖 정성을 들여 만든 책들이 저렇게 내던져질 수밖에 없는 이유에 대해 물었다. 답은 출판 시장이 죽었기 때문이라는 것이었다. 출판 시장이 죽었다는 것은 국민들이 책을 읽지 않는다는 것이다. 문화체육관광부가 2013년에 실시한 '국민독서실태조사'에 따르면 우리나라 성인의 연평균 독서량은 9.2권, 학생은 32.3권으로 성인은 1달에 책 한 권조차 읽지 않으며, 학생 역시 1달에 3권도 채 안 읽는 것으로 나타났다. 또한 평일 독서 시간도 마찬가지였다. 성인은 23.5분, 학생은 44.6분으로 성인은 하루에 30분조차 책을 읽지 않으며, 학생 역시 하루에 1시간도 책을 읽질 않았다. 어느 대형 서점에서 내건 "사람은 책을 만들고 책은 사람을 만든다."는 말이 무색할 지경이다.

책 읽기는 나라 지도자가 모범을 보여야 한다. 외국에서는 대통령이 학교를 방문하여 책을 읽어 준다. 대표적으로 미국 오바마 대통령을 들 수 있다. 몇 년 전에 오바마 대통령은 텍사스의 한 초등학교를 방문하여 어린이들에게 책을 읽어 주었다. 그러한 모습이 텔레비전에 방영되어 '책 읽는 대통령' 이미지로 국민과의 친밀도를 높였다. 또한 여름 휴가철만 되면 백악관은 대통령이 무슨 책을 읽을 것인지 발표한다. 그 책들은 그대로 베스트셀러 목록에 오른다. 예전에 우리나라 대통령들도 여름휴가 때 무슨 책을 읽을 것인지 청와대를 통해 발표를 했다. 그런데 최근 몇 년 동안 대통령의 여름휴가 책 목록은 발표되지 않고 있다.

박근혜 대통령은 몇 년 전 국제도서전 개막식에 참석해 '유럽의 교육'을 비롯한 5권의 인문 서적을 샀다. 그 후에 이 책들은 인기가 높아져 재판을 찍을 정도였다. 이렇듯 대통령의 책 읽기는 출판계에 곧바로 영향을 준다. 박근혜 정부는 국정 4대 지표 중에 하나로 문화융성을 내세웠다. 그런데 대통령의 문화융성은 매월 마지막 주 수요일(문화가 있는 날)은 공연이나 영화 관람에 치우치고 있는 듯하여 문화융성이 문화계 전반에 골고루 퍼져나가지 못하고 있다는 느낌을 받는다.

이달 마지막 수요일에 박 대통령이 파주출판도시에 있는 '지혜의 숲'을 방문하면 어떨까? 어깨가 축 처진 출판인들을 격려해 주고, 그들과 허심탄회한 대화도 나누며 출판을 통한 문화융성을 함께 이야기하면 좋을 듯하다. 박 대통령은 이미 여러 권의 수필집을 낸 수필가이다. 작가적 관심에서도 '지혜의 숲'을 방문할 필요가 있다. 지혜의 숲은 국내외적으로 어려움에 직면한 대한민국 대통령에게 이를 뚫고 나갈 지혜를 줄 수 있다. 문득 아시아출판문화정보센터 뒤뜰에 심긴 벽오동 나무 묘

목이 생각난다. 그 나무는 여든 살이 훨씬 넘은 한 노출판인이 심었다. 무슨 염원으로 그 벽오동을 심었을까? (2015)

드라큘라

나는 초등학교 때 그 무서운 드라큘라를 만났다. 우리 집은 인천에서 작은 음식점을 하고 있었다. 바로 옆집은 흰색 타일 벽을 한 '나이스 이발관'이었다. 붉은 색과 흰색이 섞여 빙빙 돌아가는 이발관 사인볼은 무척이나 신기했다. 햇빛이 환하게 들어오는 이발관 안에서 머리를 깎아 주는 사람들은 모두 의사처럼 흰 가운을 입고 있었다. 우리 집 작은 방에는 그 이발관에서 일하는 얼굴이 하얗고 잘생긴 아저씨가 하숙을 하고 있었다.

무척이나 추운 겨울밤이었다. 아저씨가 우리 삼형제를 불렀다. 아저씨는 재밌는 이야기를 들려주겠다고 했다. 우리들은 따뜻한 아랫목에 발을 나란히 넣고는 아저씨의 이야기에 귀를 기울였다. 백열등이 꺼지고 빨간 등이 켜졌다. 밖에서는 찬바람이 쌩쌩 불고 있었다. 아저씨는 목소리를 이상하게 내며 이야기를 시작했다. "옛날 유럽 루마니아 어느 성에 드라큘라 백작이 살고 있었다. 얼굴은 하얗고 입술은 붉었다. 백발 머리는 둥근 형태로 높이 올렸고, 어깨에는 검정색 망토를 걸쳤다. 어떤 젊은이가 한밤중에 드라큘라 백작의 초대를 받아 성으로 들어왔다. 그때 드라큘라가 소리 없이 다가왔다. 백작이 손을 내밀었다. 그 손을 잡았더니 시체처럼 차가웠다. 젊은이가 면도를 하다가 목을 가볍게 베었다. 목에서는 붉은 피가 흘렀다. 이를 본 드라큘라는 갑자기 날카로운 송곳니를 드러내며 덤벼들었다." 이런 식의 이야기를 밤마다 들려주었다. 우리 삼형제는 벌벌 떨면서도 매일 그 작은 방을 찾았다. 드라큘라가 피를 빨아 먹는 장면에서는 아저씨도 흰 이빨을 드러내며 우리의 목을 덮쳤다. 그때마다 우리는 "악!" 소리를 내며 이불 속으로 숨었다. 아저씨의 얼굴은 점점 드라큘라처럼 변해 갔다.

그러던 어느 날, 동네 친구들과 자유공원 기슭에 있는 '시민관'으로 영화를 보러 갔다. 영화를 다 구경하고 나서는 영화관 안에서 술래잡기를 했다. 우리는 '영화가 상영되는 극장 속으로 들어가 숨어서는 안 된다.'는 규칙을 정했다. 복도에서만 술래잡기를 하기로 한 것이다. 가위바위보를 했다. 난 이겼기에서 빨리 숨어야 했다. 계단을 통해 이 층으로 올라갔다. 숨을 만한 곳이 보이질 않았다. 복도 끝에는 영화 간판을 그리는 방이 있었다. 그 방으로는 들어갈 수 없었다. 마침 복도 벽엔 커다란 영화 간판이 뒤로 돌려진 채 세워져 있었다. 지나간 영화 간판인지, 개봉할 간판인지 알 수가 없었다. 일단 그 속으로 몸을 숨겼다. 한가운데로 깊숙이 들어갔다. 절대로 나를 찾지 못할 것이라는 확신이 들었다. 그렇게 안심하고는 간판에 그려진 그림을 쳐다보았다. 난 "악!" 소리를 질렀다. 그러고는 그곳을 뛰쳐나왔다. 드라큘라 백작의 얼굴이 그려져 있었던 것이다. 그것도 송곳니를 드러내고 피를 빨아 먹는 모습이었다. 정말 까무러칠 뻔했다. 엊그제 이발관 아저씨가 들려준 이야기가 아직도 생생한데 드라큘라 얼굴을 바로 코앞에서 보았으니 그 꼬마가 느꼈을 공포는 어땠을까. 상상하고도 남을 일이다.

얼마 후에 나는 최면에 걸린 사람처럼 그 드라큘라 영화를 보러 갔다. 나중에 안 사실이지만 주인공은 드라큘라 역만 맡아 연기하는 '크리스토퍼 리'라는 배우였다. 지금도 그가 출연한 드라큘라 영화는 공포 영화의 레전드로 기록되어 있다. 물론 그 영화는 '미성년자 관람불가'였다. 그런데 나는 교묘히 어른의 손을 잡고 입장했다. 그 무거운 검정색 비로도 커튼을 들추고 극장 안으로 들어갔다. 그 당시는 영화 상영 중간에도 입장이 가능했다. 마침 장면은 흰색 드레스에 새빨간 허리띠 줄을 한 드라큘라 부인이 피를 빨아 먹으려고 날카로운 송곳니를 드러내고 있었다. 그 새빨간 허리띠 색이 얼마나 무서웠는지. 그 순간부터 그 새빨간 색은 나에게 공포의 색으로 각인됐다. 그 후부터 그와 유사한 색을 보게 되면 그때와 비슷한 공포 심리 반응을 보인다. 예를 들면 캄캄한 밤하늘에 켜져 있는 새빨간 교회 십자가 등을 본다든지 또는 새빨간 넥타이를 맨 사람을 보게 되면 눈을 감아 버린다든지 온몸에 소름이 돋는 반응이 일어난다.

그 후로도 드라큘라 영화가 개봉될 때마다 드라큘라를 만나러 갔다. 그중에서도 가장 무서웠던 영화는 프란시스 포드 코폴라 감독이 1992년에 만든 〈드라큘라〉였다. 포스터가 정말 기괴하여 영화를 보지 않을 수 없게 만들었다. 회색 바탕에 새빨간 글자로 𝕯𝖗𝖆𝖈𝖚𝖑𝖆 라고 흘겨 쓰고는 가운데에 흉측한 조각상 하나를 새겨 놓았는데, 드라큘라가 피를 빨아 먹기 위해 송곳니를 드러내고 있고 양옆에는 혀를 날름거리는 늑대의 머리가 붙어 있다. 이 영화에서 가장 무서웠던 장면은 드라큘라에게 물린 여인이 흰색 드레스를 입고 피가 뚝뚝 흐르는 새빨간 입을 크게 벌리며 십자가 앞에서 발광하며 죽어 가는 모습이었다. 지금도 그 장면을 생각하면 온몸에 소름이 돋는다. 이 영화는 게리 올드만(드라큘라 역), 안소니 홉킨스(반 헬싱 역), 키아누 리브스(조나단 역), 위노나 라이더(미나 역) 등의 최고 연기자가 열연했으며, 15세기 중반의 드라큘라 성(城)과 의상을 훌륭하게 재현해 냈다. 또한 촬영, 음향, 편집, 조명, 음악, 분장 등에서도 뛰어났다. 그래서 그해 아카데미 시상식에서 세 개의 트로피를 거머쥐었다.

그 드라큘라 영화 이후로 참으로 오래간만인 작년에 〈드라큘라: 전설의 시작〉을 보았다. 게리 쇼어가 감독을 맡고, 루크 에반스가 드라큘라 역을 맡았다. 드라큘라를 흡혈귀가 아닌 강인한 군주이자 위대한 아버지로 그렸다. 현란한 컴퓨터 그래픽

과 요란한 음향 효과를 썼건만 예전의 드라큘라 영화를 따라올 수 없었다. 기대가 컸던 만큼 실망도 매우 컸다. 더구나 시리즈로 제작되어 철저히 장사를 하고 있다는 느낌마저 들었다. 예전의 드라큘라 영화는 한 편으로 끝냈다. 영화의 마지막 장면은 늘 드라큘라가 십자가와 햇빛 앞에서 최후를 맞이하며 먼지로 사라졌다. 그 다음 편 영화는 흩어진 먼지를 모아 사람 피를 부어 죽은 드라큘라를 다시 살려 내는 것으로 시작됐다. 그 옛날에는 필름 상태, 음향, 스피커, 스크린, 의자, 냉난방, 자막, 영사기 등이 현재보다 훨씬 열악했는데도 공포감은 지금보다 훨씬 컸다.

꼭 보아야 할 드라큘라 영화 한 편이 아직 남아 있다. 〈드라큘라 3D〉로 국내 미개봉 영화인데 3D 기술로 제작되었다. 공포 영화의 거장인 이탈리아의 다리오 아르젠토 감독이 만들었으며, 자신의 딸에게 루시 역을 맡겼고, 드라큘라 역은 영화 〈피아니스트〉에서 독일 장교 역을 한 '토마스 크레취만'이 맡았다. 정말 기대되는 드라큘라 영화이다. 인터넷에 간간히 소개된 짧은 예고편을 보았는데 틀림없이 나를 만족시켜 줄 것 같다. 그 영화는 어쩌면 나를 그 옛날 작은 방으로 데리고 갈 것 같다. 이렇게 이순(耳順) 나이에도 드라큘라가 기다려진다. (2015)

떠나가는 배

휴대폰을 열어 보니 아내와 처제로부터 부재중 전화가 여러 번 와 있었다. 전화를 걸었다. 처제가 울면서 말했다. "아빠가 돌아가셨어요." 정신없이 병원으로 달려갔다. 병실 문을 열고 들어가니 아버님은 눈을 감고 계셨다. 그렇게 고통스러워하셨던 산소호흡기도 제거되어 있었다. 아버님의 손을 잡았다. 아직 온기가 남아 있었다. 눈물이 주르르 흘러내렸다. 지난 한 달 동안의 일들이 머리를 스치듯 지나간다.

아버님은 종종 어지러워하셨다. 그래서 잘 걷질 못하셨다. 최근 들어 그 정도가 더욱 심해져 대학 병원으로 모시고 갔다. 며칠 동안 병원을 오르내리며 이런저런 검사를 했다. 재활의학과에서 시작된 검사가 혈액종양내과까지 갔다. 검사 결과가 나왔다. "암이 폐에서 시작해 뇌까지 전이되었습니다. 암 말기입니다." 가족들은 기가 막혔다. 평생 큰 병을 앓은 적도 없고, 음식도 잘 드셨고, 잠도 편히 주무셨고, 얼마 전까지 동네 노인회 총무 일도 맡으셨는데 암 말기라니! 도무지 믿기질 않았다.

일단 뇌압을 낮추기로 했다. 주사기를 통해 약물을 몸에 넣었다. 그랬더니 어지러움을 덜 호소하셨다. 음식도 맛있게 드셨다. 얼굴도 홍조를 띠며 건강해 보이셨다. 입원 전에 비해 훨씬 편해진 모습이었다. 그런데 그것은 착각이었다. 밥맛이 좋아지고 얼굴이 불그스레해진 것은 뇌압 강하 약물의 효과 때문이었다. 어쨌든 뇌 속에 있는 종양을 줄여야 했다. 약물 치료는 고통이 크기에 방사선 치료만 하기로 했다. 방사선 치료를 시작하자 아버님의 목소리는 쉬어지고 희미해졌다.

퇴근해서 집에 오니 아내가 울고 있다. 아버님께 긴급 상황이 벌어졌다는 것이다. 아버님은 갑자기 호흡이 곤란해지며 혼수상태에 빠지셨다. 중환자실로 급히 옮겼다. 가슴에 구멍을 뚫었다. 그리고 작아진 폐를 넓히는 시술을 했다. 폐가 작아져 숨을 제대로 쉬지 못해 혼수상태에 빠졌던 것이다. 결국 튜브가 기도를 뚫고 들어갔다. 이렇게 갑자기 아버님이 돌아가실 뻔했던 것이다. 나는 다음 날 중환자실로 달려갔다. 아버님은 우리를 보시더니 눈물을 흘리며 반기셨다. 무슨 말씀을 하고 싶어 하셨다. 그런데 튜브 때문에 말씀을 하실 수가 없었다. 우린 서로 바라보며 눈물만 흘렸다.

아버님은 몸에 암세포가 있는 줄 모르셨다. 며칠 만 치료 받으면 곧 집으로 돌아가는 줄 아셨다. 빨리 집에 가고 싶다고 손짓과 몸짓으로 애절하게 표현하셨다. 하고 싶은 말씀이 있으면 적으시라고 종이와 펜을 드렸다. 튜브가 꽂힌 퉁퉁 부은 손으로 한 글자씩 또박또박 쓰셨다. 집으로 보내달라는 글자만 계속 쓰셨다. 우리는 조금만 더 참고 치료받으시라는 글자만 계속 썼다. 이렇게 주고받은 종이가 작은 노트 한 권 분량이다. 결국 담당 의사가 아버님께 '폐암'이라고 알려 드렸다. 그러면 집에 가시겠다는 말씀을 안 하실 줄 알았다. 그런데 아버님은 '거짓말'이라고 쓰셨다. 믿질 않으셨다. 상태는 악화되었다. 숨소리가 더욱 거칠어졌다.

장례를 준비해야 했다. 사진부터 찾았다. 예전에 아버님께서 영정용 사진으로 쓰려고 찍어 놓으신 사진이 있었다. 한쪽 눈이 약간 처진 사진이었다. 사진관으로 가져가 처진 눈을 들어 올렸다. 그랬더니 아버님 얼굴이 많이 편해졌다. 안방 장롱 서랍을 열었다. 그 안에는 늘 자랑스러워하셨던 충무무공훈장이 들어 있었다. 한국전쟁 당시 소대장으로 근무하셨는데, 지리산에서 공비를 토벌한 공로로 국가가 수여한 훈장이었다. 영정 사진 옆에 놓으려고 훈장을 가방에 넣었다.

딸들이 밤낮으로 아버님 곁을 지켰다. 마지막 날, 막내딸이 아버님 곁에 있었다. 그날 오후에 아버님은 결국 하늘나라로 떠나셨다. 가족들은 모두 검은 상복으로 갈아입었다. 입관 예절을 하기 위해 아버님 곁에 모였다. 장의사가 정성을 다해 아버님을 닦아 드렸고 화장도 곱게 해드렸다. 그리고 수의를 천천히 편하게 입혀드렸다. 아버님께 마지막으로 가족들이 한마디씩 말씀드리는 시간이었다. "아빠, 난 다시 태어나도 아빠의

딸로 태어날 거야." 하얗게 누워 계신 아버님께 아내는 울면서 말했다. 이 말에 난 얼마나 울었는지 모른다. 관에는 하얀 국화와 백합이 가득했다. 그 위로 아버님을 편하게 뉘어드렸다. 꽃향기가 아버님을 감쌌다.

여름비가 내렸다. 성남 영생원에서 아버님의 몸이 곱게 모셔졌다. 유골을 안고 국립이천호국원으로 향했다. 아버님은 국가유공자라 호국원에 안장하게 되어 있다. 합동안장식이 장엄하게 거행되었다. 모차르트의 장송곡이 울려 퍼지며 검은 커튼이 걷혔다. 수십 개의 촛불이 일제히 켜졌다. 헌화와 영현(英顯) 봉송 시간에는 헨델의 사르방드가 무겁게 그리고 애절하게 울려 나왔다. 마지막으로 유골함을 들고 안장하러 발을 내딛었다. 그 순간, 〈떠나가는 배〉 노랫소리가 우렁차게 울려 퍼졌다. "저 푸른 물결 외치는 거센 바다로 떠나는 배/내 영원히 잊지 못할 님 실은 저 배는 야속하리/날 바닷가에 홀 남겨 두고 기어이 가고야 마느냐" 그 노랫소리를 들으니 가슴이 더욱 아렸다.

어머니와 딸들이 아버님의 유품을 정리했다. 아내는 유품 중 일부를 조그만 상자에 담아 집으로 가져왔다. 상자를 열었다. 누렇게 바랜 신문지 뭉치가 나왔다. 조심스럽게 들춰 보니 모두 내가 쓴 신문 칼럼들이었다. 20년 전에 동아일보에 쓴 칼럼을 비롯해서 얼마 전에 문화일보에 쓴 칼럼까지 모두 들어 있었다. 한 장, 한 장에 아버님 필체가 적혀 있었다. 또다시 가슴이 아파왔다.

며칠 전, 가족과 함께 판교로 냉면을 먹으러 갔다. 냉면집 이름이 '능라도'였다. 능라도는 평양 대동강에 있는 섬 이름이다. 아버님의 고향은 평양이다. 그래서 평양냉면을 무척이나 좋아하셨다. 젓가락으로 냉면을 들어 올렸다. 그때 문득 옛시조가 생각났다. "반중 조홍감이 고와도 보이나니/유자 아니라도 품음직도 하다마는/품어 가 반길 이 없으니 글로 서러워하노라" 들었던 냉면을 다시 내려놓았다. (2014)

작품 해설

수필은 바로 그 작가다

맹난자(수필가, 《젊은수필 2012》 선정위원)

수필의 여성화 추세에서 남성 작가의 출현은 매우 반갑고 고무적인 일이다. 게다가 《예술혼을 찾아서》라는 저서를 출간한 예술대학의 교수님이고 보니 기대는 클 수밖에 없다. 수필은 문학이고, 문학은 예술이다. 따라서 수필은 예술의 범주에 속하기 때문에 예술로서 수필의 자리매김은 중요한 과제다.

앞으로 이 같은 일에 동참해 줄 것을 기대하며 든든한 지원군을 만난 듯해 여간 기쁘지 않다. 그의 작품의 세계로 들어가 보자.

〈출가 4박 5일〉

경복궁 근처에 있는 불교 서점에 갔다가 송광사에서 발행한 신문, 하단의 기사가 눈에 들어왔다. '출가 4박 5일' 참가 신청서를 보낸 뒤, 합격증을 받아 쥐고 아내에게 알렸다.

아내는 펄쩍 뛰었다. "어떻게 가톨릭 신자가 절에 들어가 불공을 드리냐?"는 것이었다. 평소 불교의 선(禪)에 심취해 있었고 학위논문도 '교육학과 선'을 접목시켜 쓸 생각을 갖고 있었기에, 학문적인 목적임을 분명히 밝히고 아내의 허락을 받아냈다.

글의 구성은 순차적인 진술 방식을 취하며, 문장은 객관적인 사실에 입각해 분명하고도 소상했다. 송광사를 찾아가는 경위, 나누어 준 바구니에 시계며 핸드폰, 지갑을 넣고 수련복과 방석을 지급받는 과정은 필자도 경험한 바 있었기에, 그 같은 장면이 눈에 그려지는 듯했다. 수련 장소는 '사자루(獅子樓)', 사자처럼 용맹스럽게 정진하라고 붙여진 이름이다.

새벽 3시부터 시작되는 수련 과정이 소상히 기록되어 있다. 오후에는 6시간씩 결가부좌를 하고 참선에 든다. 출가 4일 째, 하룻밤을 남겨 놓은 마지막 밤이다. 수련원장인 법정 스님과 다담을 나누는 시간. 글의 구성상 3분의 2인 '전(轉)' 해당하는 터닝 포인트다. 사흘 내내 쏟아진 폭우로 계곡물이 불어 식수를 끌어올리던 양수기가 떠내려가고, 칠흑같은 밤, 스님들은 비를 맞으며 양수기를 구하러 마을로 내려간다. 전남 지역의 집중호우로 많은 사람들이 실종되었으며 송광사는 고립되었다는 전갈을 받는다.

"이때 계곡에서 휩쓸려 내려온 큰 바위가 사자루 기둥을 사정없이 때렸다. 사자루가 심하게 흔들렸다." 어찌 '사자루'만 흔들렸겠는가. 이때의 심적 충격을 의미 있는 상징으로 풀어낸

것도 노련한 솜씨다.

생사존망의 지극히 불안한 가운데 철야정진이 시작되었다. 누구의 배려이던가? 백척간두로 내몰린 듯 절묘한 타임의 수련생들. 비장한 각오로 '석가모니불'을 외치며 절을 하기 시작했다. 다리의 감각도 없어지고 옷과 방석은 빨래처럼 젖었다. 먼동이 밝아오기 시작했다. 끝났음을 알리는 목탁 소리가 울렸다. 수련생들은 '그대로' 멈췄다. "그 모습은 마치 무덤에서 막 꺼낸 토우(土偶) 같았다." 무덤에서 생환한 흙 인형, 절묘한 표현이다. 여기저기서 우는 소리가 들렸다. 왜 울었을까? '깊은 참회의 눈물' 말고 다른 이유는 없었을까? 글의 핵심 부분에서 독자는 화자의 진정을 알고 싶어 한다. 아울러 24시간씩이나 계속된 화두참선의 심리 과정도 소개되었더라면 하고 바라는 것은 필자의 지나친 욕심일까. '참선(參禪)'이란 어차피 마음과 관계되는 수행이기 때문이다.

〈명훈장학회〉

수필 쓰기의 진술방식은 설명, 논증, 묘사, 서사의 네 가지로 나눌 수 있다. 묘사는 모양이나 빛깔 등을 실감나게 그려 내 보여주는 것이라면, 서사는 필자가 파악한 사실을 이야기로 들려주는 진술방식이다. 위의 글은 '명훈장학회'에 대한 사실을 전달코자 하는 설명문임에도 불구하고 우리에게 감동을 전해 주는 것은 대상에 대한 작가의 따뜻한 해석과 정서 때문일 것이다. 명훈장학회라는 한 가지 주제가 일관성 있게 점층적 기법으로 고조되면서 독자들을 끌어들인다.

경기도 화성시 농장에 걸린 작은 현판 '명훈장학회'의 주인공은 농촌 지도자를 꿈꾸던 농과대학 2학년 학생이었다. 학과 모임에서 불의의 사고로 세상을 떠났다. 부모는 조용한 시골로 내려와 농장 일을 하면서 아들 잃은 슬픔을 잊고자 했다. 같은 과 친구들과 가족들이 그가 못 이룬 꿈을 이루기 위해 장학회를 만들었다. 1978년의 일이다. 부모는 젖소를 길러 나온 우유로 장학금을 대고 학과 친구들과 사회에 진출한 장학생들은 매월 월정액을 보낸다. 아흔이 넘은 지도교수도 지금까지 계속 장학금을 넣는다. 작은 태극기가 걸린 농장 사무실에서 장학금이 수여되고 밭에서 손수 키운 채소로 식탁이 차려진다.

옥수수가 익는 늦여름이 되면 장학생들은 농장을 찾아와 옥수수를 베기 시작한다. 겨우내 먹일 젖소 사료이다. 여학생들은 우유 짜는 일을 돕고 젖소의 똥을 치운다. 후배들이 땀 흘려 일하는 사이 선배들이 과일과 술을 사들고 찾아온다. 사람 사는 맛이 느껴지는 아름다운 사람들의 아름다운 이야기이다. 그러나 이야기는 이야기일 뿐이다. 수필은 직접적인 나를 대상으로 하는 성찰의 문학이기 때문이다.

〈어느 멋진 날에〉

수필은 바로 글을 쓴 그 사람이다. 안산 캠퍼스 연구실 창가로 가면 한 남자가 책상 앞에 앉아 있다. 창가로 보이는 맑은 가을 하늘을 가끔씩 올려다보다가 풀벌레 소리를 들으며 책을 읽는다. 봄에는 뻐꾸기, 여름에는 꿩, 가을에는 풀벌레.

"그 살아 있는 생물들의 아름다운 노랫소리를 들으면 나 역시 살아 있음에 감사한 마음이 든다. (……) 글을 쓰다가 막히면 그 나무 향기가 풀어 주곤 했다." 그들의 생존과 나의 생존은 동격이다. 자연의 소리가 나의 존재를 일깨워 주고, 나무 향기가 나의 마음을 풀어 준다. 이런 등식이 성립된다.

"직관은 흘러가는 그대로를 파악하며 지속을 통하여 사물을 볼 때만 얼어붙었던 시냇물이나 관념의 일상도 풀리고, 잠자던 벌레들은 깨어나며 생은 약동하기 시작한다." 그래서 프랑스의 철학자 베르그송은 "삶이란 끝없는 창조요, 위로 뛰어오르는 도약이요, 힘찬 폭발이요, 생의 비약"이라고 함축했던가 보다. 흘러가는 그대로를 파악하는 직관, 그 순간 깨어 있는 의식, 비로소 작가들의 가슴에는 얼었던 시냇물이 흐르고, 잠자던 벌레가 깨어나는 모습이 그의 눈에 들어온다. 오감(五感)이 열려 있지 않으면 좋은 글은 기대할 수 없다. 의식이 깨어 있지 않으면 좋은 글은 쓸 수 없다. 이 작가를 주목하게 되는 이유다.

지난여름 태풍으로 연구실 앞에 있는 나무들이 쓰러졌다. 건물 벽을 치면서 유리창이 깨져 학교 당국은 전기톱으로 큰 나무들을 모조리 잘랐다. "진달래꽃이 피어나는 봄부터 흰 눈이 쌓이는 겨울까지 늘 곁에 지켜 서 있던 그 정다운 나무들이 잘려 나갔다. 얼마나 가슴이 아팠는지 모른다. 지금 숲 아래에는 그때 잘려 나간 나무들이 통나무가 되어 뒹굴고 있다." 늘 곁에 지켜 서 있던 정다운 나무. 그것과의 이별도 자연현상이다. 잘려 나간 통나무를 바라보며 인생을 한번쯤 돌아보게 되었으리.

학생들의 리포트 '성취 스토리'를 읽다가 군데군데 연필로 그어가며 남자는 눈물을 흘린다. 첫 번째 자신의 꿈은 끝내 좌절되었지만 두 번째의 꿈은 어렵게 이룰 수 있었다. 학창 시절이 포물선을 그으며 한달음에 지나간다. 자신을 잠깐 돌아보는 사이, 김동규 씨의 〈10월의 어느 멋진 날에〉가 라디오에서 흘러나온다. 어느 멋진 날은 그냥 오지 않는다. "삶이란 끝없는 창조요, 위로 뛰어오르는 도약이다." 수필은 바로 그 글을 쓴 작가다. 그런 작가의 모습이 미덥다. 앞으로 문학에 대한 열정과 힘찬 도약으로 좋은 결실이 있기를 바란다.

-《젊은수필 2012》에서

백형찬의 〈'밥' 이야기〉를 읽고

이상은(수필가)

나는 조금 있다가 아내를 따라 쇼핑을 가야 한다. 뭘 사러 가냐 하면, 음! 뭐 특별한 것은 없다. 그냥 가야 한다. 별일 없이 아내 뒤를 따라다닐 것이다. 아내는 무섭다. 함부로 나 혼자 나돌아 다니면 혼날 지도 모른다. 눈치껏 어디 재미있는 것 없나 하고 여기저기 기웃거릴 것이다. 아마 오늘도 나는 슈퍼마켓 시식 코너에서 합성 조미료를 듬뿍 뿌린 삼겹살 한 조각을 입에 넣고 혼자 행복해 할 것이다. 그러다 아내에게 들켜 나잇값도 못한다고 핀잔을 들을 것이다.

무슨 남자가 이런 하찮은 이야기를 늘어놓느냐고 눈을 흘기는 독자가 있을지도 모르겠다. 그러면 나는 감히 물어 보고 싶다. "여러분! 여러분의 인생은 무엇으로 채워져 있나요?" 여러분의 대답을 지금 들을 수 없으니 일단 내가 대답을 해보겠다. "내 인생은 사소한 것으로 가득 차 있습니다." 나의 의견에 동의하지 않는 독자도 있을 것이다. 그래도 어쩔 수 없다. 적어도 내 인생은 그렇다. 아무리 돌아봐도 남들이 알아 줄 만한 위대한 일은 없다.

그뿐만 아니라 내 인생은 조금은 비겁한 것으로 가득 차 있다. 어릴 적 배운 가르침대로라면 말이다. 뭐 이런 거 있지 않은가. "소년이여 대망을 품어라.", "남자는 평생 세 번만 울어야 한다.", "남자는 가족을 책임져야 한다." 참 그럴 듯한 가르침들이었다. 그런데 지나고 보니 어느 것 하나 제대로 지킨 것이 없다. 대망이 무엇이었던지 잘 생각도 나지 않고, 직장을 잃은 날 술에 취해 하룻밤에 열 번도 더 울었다. 어쩌다 보니 나는 아내를 직장 상사로 모시고 일을 한다. 이 일을 어쩌나 꽤나영 모양새가 좋지 않다. 그런데 나쁘지 않다. 가끔 상사에게 대들 수도 있다. 이런 발칙한 짓을 하고도 나는 해고되지 않는다. 이러니 나는 분명 비겁하다. 가족을 제대로 부양하지도 못하고 몰래 애처럼 징징거리고 울기도 한다. 한 발 더 나아가 어린 시절 배운 가르침이 꼭 진리는 아니라고 친구들을 만나면 강변한다. 이렇게 나는 조금씩 비겁해져 가고 있다.

이제 나의 비겁함에 대한 변명을 해야겠다. 좀 정확하게 말하면 초라하고, 사소하고, 시시콜콜한 것들에 대한 옹호. 도대체 사소하고 시시콜콜한 것이 도대체 무엇인가? 왜 어떤 것들은 사소하고 시시콜콜한가? 소외 때문이다. 권력, 중심, 관심 이런 것들로부터 외면당한 것이다. 다르게 말하면 중심의 폭력으로부터 시달리는 것이다. 우리는 알게 모르게 많은 중심들을 가슴속에 묻고 산다. 원리라고 해도 좋고, 원칙이라고 해도 좋다. 너무 오래 이들을 모시고 살다 보니 이제 이것들이 주인 행세를 한다. 눈과 귀마저 가린다. 우선 말이 그렇다. 내가 하는 말이 어디 내 것이던가. 이러한 중심으로부터 벗어날 때 사소한 것들의 제 모습을 볼 수 있을 것이다. 나는 수필 읽을 때 괴롭다. 수필들이 너무 닮았기 때문이다. 내가 잘 모르는 무엇들이 나를 가로막고 서 있는 듯하다. 언젠가는 그것이 나를 쓰러트릴 것 같기 때문이다. 내가 이토록 시시콜콜한 이야기를 길게 하는 이유를 조금이나마 이해해 주었으면 한다. 수필에서도 이런저런 중심들을 잠시 잊고 수필만 한번 바라보자는 것이다. 그러면 나만의 글이 완성되지 않겠는가.

오늘 참 편안한 수필 한 편을 만났다. 백형찬의 〈'밥' 이야기〉다. '밥'이라는 동아리와의 인연을 소개한 글이다. 내가 지금까지 몇 줄 읽고 배운 수필 이론대로라면 이글은 낙제점이다. 먼저 뚜렷한 주제가 없다. 나는 수필 강좌를 들은 적이 있는데, 그때 처음 들은 이야기가 주제, 소재, 뭐 이런 이야기였다. 그리고 인생의 철학을 이야기해야 한다고 했다. 너무 답답해서 몇 번 다니다 그만뒀다. 꼭 철학이 있어야 글을 쓰는가. 철학 없이도 나는 지금까지 잘 살고 있다. 백형찬의 〈'밥' 이야기〉에는 심각한 메시지가 없어 편안하다. 좋다. '밥'이라는 동아리가 앞으로도 잘 됐으면 좋겠다. 이 정도면 충분하지 않은가? 〈'밥' 이야기〉를 끝까지 읽다 보면 무슨 이야기가 줄거리를 형성할 듯하지만 끝내 그렇지 않고 끝나 버린다. 자질구레한 에피소

드들을 나열한다. 작가가 '밥'이라는 동아리를 훌륭하게 드러
내는 방법이다. 작가는 사소한 것들에게 손을 내밀고 있다. 사
소한 것들을 통해 '밥'이라는 동아리의 실체를 드러내고 있다.
혹자들은 이글의 주제를 '밥'이라는 동아리에 대한 작가의 애
정이라고 할지도 모르겠다. 나는 그러고 싶지 않다. 그냥 '밥'
을 이야기하고 싶다. 애정을 앞세워 '밥'을 가리면 되겠는가?
우리가 지나온 시간들은 기억되지 못하는 사소한 것들로 가득
차 있다. 그것들을 인생에서 지운다면 인생은 살 만한 것일까?
백형찬의 글은 편하고 지혜롭다. 자칫 잊혀질 것들을 차분히
붙잡고 있다.

　아들 녀석은 기숙 학원에서 재수하고 지금 우리 집에는 나,
아내, 딸 셋이다. 점심을 먹어야겠는데 라면 두 개, 비빔면 두 개
가 있다. 딸아이가 고민한다. 라면을 먹을 수도, 비빔면을 먹을
수도 없단다. 아! 이게 문제다. 왜 라면 아니면 비빔면을 먹어야
하나. 두 가지를 섞어 먹으면 안 되나. 문제는 배가 고픈 것인데.
백형찬의 글처럼 좀 편하면 좋을 걸.